없던
오늘

없던 오늘

유병욱 지음

카피라이터의 시선으로 들여다본
코로나 이후, 시대의 변화

북하우스

프롤로그

오늘, 당신에게

세상은 코로나 이전과 이후로 나눠진다지만
불행히도 우리는 예전의 우리로
결코 돌아갈 수 없을지 모르지만
그 끔찍한 질병이 앗아가지 못하는 것들의 아름다움을
우리는 조금 더 깊게, 오래 음미하게 되었는지 모른다.

아름다움은 멀리 있지 않음을.
동네에 자꾸만 괜찮은 커피숍이 생기고 있음을.
서울이 생각보다 훨씬 사랑스러운 도시임을.

오늘은 우리에게 이렇게 가혹하지만
여전히 우리에게 희망은 있음을.

이 번잡함과 우왕좌왕과 좌충우돌과 시행착오 속에서도
지구가 태양계의 소속임을 잊지 않고,
미세하고도 분명한 한 바퀴를 돈 오늘.
대부분의 우리에게서,
남은 인생의 돌아오지 않을 하루가 소멸한 오늘.

막막한 신입 카피라이터는
자신만 그 존재를 알지 못하는 생각의 계단을 한 칸 올라
조금은 봐줄 만한 문장을 써내고

더러운 사기와 협잡 속에서도
짬에서 오는 바이브가 넘치는 가게 주인은
몇 번의 정돈된 움직임으로 국물과 면발을 내놓고

사람은 사랑을 하고,
아이는 세상에게서 배우고,

커피를 내리는 이의 머신에서는
황홀한 마지막 한 방울이 맺히고 있겠구나.

그 오늘.
오늘을 사는 우리들은
위로받고,
칭찬받고,
지금 이 순간을 만끽할 자격이 있다.

차례

• 3부 •

앞으로, 무엇이 우리의 마음을 움직이게 될까?

• 4부 •

우리는 어떻게 단련해야 할까?

1부

오늘, 우리는 예전의 우리와 어떻게 다를까?

음미력

오늘. 우리에겐 없던 능력이 생기는 중이다. 이름하여 음미력.

'지금, 이것이 당연하지 않을 수 있구나'에서 음미는 시작된다. 엄마의 집밥이 특별해지는 건, 엄마를 벗어나면서부터다. 매일 당연하다는 듯 먹던 그 똑같은 밥을, 부모에게서 독립한 뒤에는 자세를 고쳐 잡고 먹게 된다.

'세상에, 집밥이 이런 맛이었어?'

인스타그램에 올리기 좋은 모양과 색깔로 존재하는 음식들에서는 집밥의 담담함을 찾기 힘들다. 짧은 시간 동안 먹는 이를 사로잡지 못하면 살아남지 못하는 직장가의 음식들에서 느껴지는, '이 한 끼로 너를 사로잡겠어'와 같은 절박한

가혹한 코로나의 시대를 어떤 케이스 스터디도 없이

온몸으로 통과하고 있는 우리.

당연했던 것들을 너무나 많이 빼앗겨버린 우리.

그래서 우리에겐 그동안 없던 능력이

하나 생기고 있는 건 아닐까?

그것은 '음미력' 아닐까.

야망이 집밥에서는 느껴지지 않는다. 집밥은 그저 내 새끼에게 어떤 의미에서든 이로운 음식을 주겠다는 의도와 장난치지 않은 재료들이 만나 자연스럽게 도달하는 한 끼이다. 그 집밥을, 나는 어릴 적 단 한 번도 음미하며 먹어본 적이 없다. 그것은 그저 식탁 위에 존재했고, 당연했으며, 내일도 당연할 것이었다.

내 인생의 소울 푸드 중 하나는 짜장면이다. 이름을 떠올리려면 이마를 살짝 찌푸려야 하는 복잡한 이름의 요리가 아니다. 유명한 중국 음식점에 가도 마무리는 늘 짜장면이다. 나의 짜장면에 대한 사랑은 오래전 런던에 머물던 시절 시작되었다. 한국에서는 발길에 채이도록 흔한 짜장면을, 내 의지와는 상관없이 몇 달 동안 먹을 수 없게 된 것이다. 2000년대 초반의 런던에서는, 한국 음식을 먹으려면 런던 중심부까지 가야 했고—많은 분들이 아시다시피 짜장면은 해외의 중국 음식점에서는 결코 팔지 않는 '한국 음식'이다—런던의 물가는 살인적이었다. 파운드 환율이 2,000원이 넘던 시절의 짜장면 가격은 한국 돈으로 환산하면 한 그릇에 16,000원 정도. 당시 한국에서의 짜장면은 3,000원 정도. 짜장면을 먹기 위해

내야 하는 왕복 교통비까지 생각하면, 짜장면은 유학생이던 당시의 내게 각 잡고 먹어야 하는 음식이었다. 게다가 영국의 음식들 사이에서 만나는 짜장면의 맛이라니. 춘장의 구수한 짠맛과 그 속에 섞여 존재하는 기름진 무엇의 맛은 온갖 냉동식품에 잘해봐야 피시 앤 칩스 같은 튀김을 먹던 내 매일매일의 혀가 상상할 수 없는 수준의 입체적인 맛의 축제를 열어주었던 것이다.

'세상에. 짜장면이 이런 맛이었어?'

말하자면 나는, 짜장면을 마음대로 먹을 수 없게 된 이후로 짜장면에 입덕하게 된 것이다. 시커먼 면발 뒤에 저다지도 부드러운 풍미가 숨어 있다니. 과거에는 짜장 소스를 '라드'라 부르는 돼지기름으로 볶았다는데, 그 시절 짜장의 풍미는 대체 어땠을까. 이사를 가면 내가 제일 먼저 하는 일은 그 동네 제일의 짜장면집을 얼른 알아두는 것. 인터넷에서 짜장면 고수의 가게가 소개되면, 경건한 마음으로 찾아가 먹어보는 것.

짜장은 그대로였지만, 짜장을 먹는 내가 바뀐 것이다. 정확히는 짜장면을 먹을 수 있는 기회가 반강제적으로 줄었고, 그것은 간절함으로, 간절함은 음미로 이어진 것이다. 해외에서의 한국 컵라면이, 훈련소에서의 초코파이가 그토록 맛있게 느껴지는 것은 그것이 그곳에서 당연하지 않기 때문이다. 누군가의 인생 쌀국수가, 태국 여행의 마지막 날 아무렇게나 들른 좌판에서 먹은 한 그릇인 이유는 그것이 다시 돌아갈 확률이 극히 낮은 장소에서 펼쳐지는 다시 반복되지 않을 이벤트이기 때문이다. 우리는 온몸의 감각을 활용해 그 순간을 기억하고, 음미한다. 그러고 보니 국물이 다르네. 국물 속에 뭔가 있어. 이건 예사 닭 육수가 아닌데. 이 면발을 좀 봐. 퍼져 있는 것 같지만 그래서인지 면발이 국물을 부드럽게 감싸면서 입으로 데려가고 있어.

음미는, 지금 내게 없거나, 곧 빼앗길 위기에 처한 것들 앞에서 자주 시작된다. '지금 이것이 당연하지 않을 수 있구나'에서 시작된다. 가혹한 코로나의 시대를 어떤 케이스 스터디도 없이 온몸으로 통과하고 있는 우리. 당연했던 것들을 너무나 많이 빼앗겨버린 우리. 그래서 우리에겐 그동안 없던 능력이 하나 생기고 있는 건 아닐까?

그것은 '음미력' 아닐까.

짧은 시간 동안 우리에겐 무수히 많은 '불가능'들이 찾아왔다. 여행. 출장. 악수. '와 이런 것도 축제가 될 수 있어?' 싶던 기상천외한 이름의 축제. 노래방. 왁자지껄. 만나서 묻는 안부. 어떤 의심도 없이 상대를 정면으로 보고 나누는 대화. 일상이란 테이블 위에 너무나 당연하게 놓였던 것들을 우리는 예고 없이 빼앗겨버렸다. 그래서 사람들은, 아직 남아 있는 조각들을 전보다 소중히 들여다보게 되었는지 모른다. 저가 항공의 등장과 함께 우리 앞에 펼쳐졌던 세상의 모험들, 쇼핑하듯 고를 수 있었던 지상 낙원들이 사라진 덕분에, 우리는 우리가 그동안 거들떠보지 않던 근처의 아름다움을 조금은 진지하게 들여다보고 있는 중이다. 마음먹고 나간 교외의 공기와 초록들에 지르는 사람들의 탄성 뒤에는, 집 안의 시간이 필요 이상으로 길어진 사람들의 '밖'에 대한 결핍이 있다. 우리는 작년에도, 재작년에도 늘 존재하던 그 초록이 갑자기 나타난 것인 양 쳐다본다. 시간을 두고 들여다본다. 음미한다.

인터넷으로 '방구석 콘서트'를 즐기며 사람들은, 거대한 돔 형태의 콘서트장에서 비말이 튀진 않을까 하는 우려 없이 마음껏 소리를 지르던 예전의 이벤트들을 곱씹어본다. 아무렇지 않던 노을 한 조각이 나타나도 사람들은 앞다투어 사진을 찍고, SNS에 올린다. 저것 보라고. 오늘 내 앞에 나타난 아름다움은 저것이라고. 압도적이지 않은 것들도, 충분히 아름다울 수 있다고.

우리는 천천히 알아가는 중이다. 인생의 즐거움은 나이아가라 폭포 앞의 인증 샷이 아니라, 꽤 괜찮게 커피를 내리는 집 근처에 새로 생긴 커피숍과 그날 비친 햇빛과 마침 들리는 음악과 별로 신기하지도 않은 내 말을 신기하다는 듯 들어주며 반대편에 앉아 있는 누군가의 존재에서 시작될 수도 있음을. 모든 사람들이 인생을 음미하기 시작했다면 거짓말이겠지만, 적어도 나와, 내 주위 사람들 몇몇의 눈빛이 변한 것은 알겠다. 거대하고 대단하고 새롭고 이국적인 것들에 가려져 있던, 작고 대수롭지 않고 늘 존재하던 것들에 눈길이 고이기 시작했음을.

인류가 만난 돌이킬 수 없는 변화들—빙하기, 농경의 시작, 증기기관과 인터넷의 발명—뒤에는 늘 그에 상응하는 진화가 있었다. 코로나 시대 이후의 인류에게도 분명 새로운 능력이 생기겠지만, 그것이 질병에서 살아남기 위해 남을 차별하고 내 것을 챙기는 능력이 아니라 음미력이기를 간절히 바란다. 우리가 집밥과 짜장면에서 천국을 발견할 수 있다면,

굳이 멀쩡한 남을 괴롭히고 차별하고 상처를 주고—그것이 다시 나에게 돌아오는—지옥의 문을 열 필요는 없을 테니까.

서울

10년 전쯤의 일이다. 400미터 계주처럼 이어지던 경쟁 프레젠테이션도 슬슬 마무리되고, 동료들과 함께 느슨해진 공기를 즐기던 여름이었다. 마침 오랜만에 비가 내리고, 달궈졌던 도시도 차분히 식어갔다. 창밖을 보던 나는 갑자기 어떤 노래 제목을 떠올렸다.

"그 노래 알아? 김현철이 부른 노랜데, '서울도 비가 오면 괜찮은 도시', 진짜 그렇지 않아? 비가 오면 서울도 좀 봐줄 만하지 않아?"

동료 누군가가 대답했다.

"그런 노래가 있어? 그러네. 비가 오니까 이 정신없는 도시도 괜찮네."

10년 전의 서울은 내게 그런 도시였다. 비가 오면 그나마 좀 봐줄 만한 도시. 서울은 미적 감각이 부족했다. 악다구니를 지르며 내 물건을 봐달라고 소리 지르는 좌판 같았다. 서울의 간판은 뒤죽박죽이었고, 서울 하면 떠오르는 컬러는 없었다. 후지고 구리고 촌스럽고 개념 없고 사람들은 어깨를 툭 치고도 미안하단 말 한마디 없이 지나가는, 쓸데없이 바쁜 사람들만 모인 도시. 꼴에 런던에서 몇 년 살다 왔다고, 나는 서울을 얕잡아본 것이다. 틈만 나면 '런던은…'이란 말을 꺼냈다. 그 즈음의 내가 얼마나 별로였는지, 그때 알았더라면.

그리고 2019년 겨울, 나는 북토크를 위해 모인 사람들 앞에서 정반대의 이야기를 한다.

"서울이 아름답다는 생각을 가끔 합니다. 세계 어느 도시를 가도, 이렇게 깊고 넓은 강이 도심 한복판을 흐르고, 고개를 조금만 돌려도 산들이 둘러싸고 있는 도시는 많지 않아요. 강 덕분에 저는, 출근길과 퇴근길에 한 번씩 시선이 강제로 열리는 경험을 합니다. 지하철로 출근하며 차창을 보고 있으면, 꺼져 있던 TV를 보고 있다가 갑자기 탁 켜지는 것 같은 순간이 와요. 한강 구간이죠. 그 순간이 굉장히 아름다워요."

10년 사이에, 서울엔 어떤 변화가 있었던 걸까. 내게는 어떤 변화가 있었던 걸까. 그러나 이 모든 것이 단지 나의 시선이 변한 탓일까 되물어보면, 나는 명백히 아니라고 말할 수 있다. 지금부터, 어느 순간 애정의 필터를 끼고 서울을 바라보게 된 사람이 전하는 서울의 매력에 대해 이야기해보자.

서울의 매력은 상당 부분 한강에 있다. 도시를 동에서 서로 관통하는 거대한 강이 있어 서울은 서울스럽다. 꼭 넓고 거대한 것만이 아름다운 건 아니지만, 한강에는 런던의 템스 강이나 파리의 센강에는 없는 시원시원한 매력이 있다. 강을 바라보고 서면 가장 가까운 육지도 1.5킬로미터 밖일 정도로 시선이 확장되는데, 한강은 올림픽대로나 강변북로 같은 서울 시민의 중요한 이동 루트를 끼고 있기에 강 주위로 펼쳐지는 계절의 아름다움을 누구나 경험할 수 있다. 사실 도시의 가장 아름답고 거대한 강을 아파트들이 구경하듯 둘러싼 것은 안타까운 일이지만, 인간이 만든 건물의 스케일을 간단히 우습게 만드는 산들의 존재가 그 아쉬움을 덜어준다. 봄의 응봉산에는 개나리가, 한 달 후의 남산에선 벚꽃이, 그리고 사계절 내내 북한산에선 바위 덩어리들이 범상치 않은 기운을 뿜어내—특히 높은 곳에서 내려다볼 때—한강의 아름다움을 더해준다. 이때의 산들은 괜찮은 셰프가 메인 디시 옆에 올린 제대로 된 가니시 같다.

나는 특히 몇 개의 지하철 구간이 한강을 지날 때, 갑자기 시야가 밝아지며 밖이 보이는 장면을 좋아하는데, 마치 누군가 아름답고 소중한 것을 덮개를 닫아 보관하다가 짜잔 열어 보이는 것만 같다. 그 순간 한강은 스포트라이트를 비추듯 그 계절의 가장 아름다운 장면을 보여준다. 얼마 전 퇴근길에 지하철을 타고 한강 구간을 지날 때, 나는 놀라운 장면을 목격했다. 서울숲 쪽에 새로 생긴 고층 건물들이 달리는 지하철을 향해 차례대로 늦가을의 석양을 반사하는 바람에, 나는 강 옆에 서 있는 금색 기둥들의 사열을 받는 듯한 착각마저 든 것이다. (나는 이 아름다운 장면에 다른 사람들은 어떤 표정을 지을까 궁금하여 황급히 좌우를 둘러봤지만, 아쉽게도 다들 스마트폰 속 더 멋진 세상과 만나고 있었다.)

게다가 계절의 하이라이트는, 보는 이가 넋을 놓고 있다가 조금만 더 보고 싶다는 마음이 들 때쯤 냉정하게 종료된다. 지하철이 한강 위를 달리는 시간 1분. 지나치게 길지도, 그렇다고 짧지도 않은 강폭 1.5킬로미터 덕분에 연출되는 시간인데, 늘 충분히 다 보여주지 않는 드라마 뒤 예고편처럼 다음 시간을 기대하게 하는 매력이 있다. 폭 1.5킬로미터의 한강은, 태생적으로 밀당의 매력이 있다.

서울의 또 다른 매력은 시간이다. 서울에서는, 잠깐만 눈을 돌려도 시간의 단층을 발견할 수 있다. 600년 동안 한 나라의 도읍이었다가, 그 어느 곳보다 극적인 현대사를 겪은 이 도시는 그래서 과거가 완전히 사라지지 않은 상태에서 현재가 쌓이고 쌓인 것인데, 그래서 가끔씩 전혀 의외의 장소에서 너무나 오래된 것들이 툭툭 튀어나오는 기이한 경험을 하게 된다.

나는 이것을 '시간의 단층'이라 부르는 중이다. 거시적으로 보면 우리는, 대한민국 단층 사이사이로 가끔씩 조선 단층을 만날 수 있다. 선정릉 근처에 담당하는 브랜드가 있어 광고주들과 회의를 하다가 빌딩 밖을 내려다보면, 조선의 9대왕 성종과 11대왕 중종이 묻힌 거대한 무덤이 내려다보인다. 일국의 대소사를 논하던 왕조차도 시간이 흐른 뒤에는 초록색 풀 아래 돌로 된 상자 안에 두 손을 가지런히 모으고 누워 있다고 생각하면, 어차피 흘러갈 일에 집착하는 것이 부질없게 느껴지기도 한다. 예를 들면, 방금 전 광고주가 최선을 다해 준비한 우리 회사의 아이디어에 시큰둥한 표정을 지은 것. 나는 창밖의 왕릉을 보며 정신승리 하는 것이다. 인간이여. 무슨 부귀영화를 누리겠다고. (미안해, 팀원들아. 아이디어 못 팔았어.)

몇 년 전 밤의 경복궁이 일반인에게 공개된 첫날, 며칠을 벼르고 별러 들른 적이 있다. 경복궁에서 바라본 교보문고 방향 빌딩 숲의 야경은 그야말로 환상적이었다. 인공적인 등불을 켜놓지 않은 궐 안은 말 그대로 '조선'인데, 담장 밖은 '2000년대'였던 것이다. 한눈에 조선과 현대가 동시에 들어오는 장면은 너무나 비현실적이어서 나는 마치 그 공간에 발을 딛지 않은 채 붕 떠 있는 것만 같았다.

강북의 맛집에서 팀원들과 밥을 먹으면 일부러 덕수궁 돌담길 같은 곳을 걷다 돌아온다. 사대문 안에 있는 광고주를 만난 후 시간이 뜨면 혼자 사직단 같은 장소에 들러보기도 한다. 오직 현재, 현재 속을 살다가 과거의 색과 선과 질감—이를테면 흙길—을 느껴보는 것은 쏠쏠한 기분 전환이 된다. 현실을, 약간의 거리를 두고 볼 수 있게 된다. 시청 근처에 있는 환구단 같은 곳은 또 어떤가. 국제 정세가 극도로 어지럽던 구한말, 중국에 기대지 않는 독립적인 제국이 되고자 고종이 스스로를 황제로 칭했던 장소였던 이곳은, 제국이라는 이름 속에 담긴 비장함과 환구단이라는 공간의 자그마함의 간극 때문에 더욱 극적이다.

조선 단층이 부담스럽다면, 시간의 스케일을 살짝 줄여 보는 것도 좋겠다. 종로나 을지로에 가면 50년 전 과거 정도는 손쉽게 만날 수 있다. 말하자면, 1970 단층쯤 되겠다. 을지로에서 심심치 않게 마주치게 되는 과거의 간판과 손으로 쓴 서체와 정형적이지 않은 공간 구성은 크리에이터들에게 만만치 않은 영감을 준다. 디지털 시대에는 역으로 아날로그를 매력적으로 이용하는 브랜드나 마케터가 주목받을 수 있다고 생각하는데, 이곳이야말로 인사이트의 금맥이 될 수 있다. 부디 그 무엇으로도 대체할 수 없는 을지로의 아름다움이, 자본의 논리를 이기지 못해 어디서나 볼 수 있는 거리로 바뀌지 않기를.

그리고 빼놓을 수 없는 것은 서울의 사람들이다. 트렌드에 쉽게 흔들리는 문화와 높은 인구밀도, 경쟁을 불사하는 분위기 속에서 서울 사람들은 각자의 방식으로 최선을 다해 살아가는 중이다. 서울에는 수백 년을 일관된 방향으로 디테일을 올려온 유럽의 도시들이나, 숨 막힐 듯 정리된 일본의 대도시처럼 정돈된 맛은 없지만 오히려 서울에서만 느낄 수 있는 특유의 집중력과 긴장감이 있다. 솔직히 예전엔 이 긴장감이 싫었는데, 지금 생각해보면 이 또한 이 도시의 매력이다. 기록이 대단하지 않아도 최선을 다해 뛰는 러너가 주는 아름다움이 있는 것처럼.

게다가 한국 사람 특유의 최선을 다하는 습관 때문인지 나는 요즘 서울의 완성도가 빠르게 올라가고 있다는 느낌을 받는다. 과거의 서울은 큰 것, 대단한 것, 다수의 것을 추구했다면, 이제는 서울도 개별 개별의 아름다움을 조망하고 있는 중으로 보인다. 골목 곳곳에 등장하는 완성도 높은 커피숍이나 빵집, 몇 개의 메뉴로 승부하는 작은 식당들이 그 증거다. 요즘은, 오랫동안 남을 따라 하기만 하다가 조금씩 자기도 멋진 사람임을 깨달은 이의 자존감 같은 것을 서울에서 느낀다. 기분 탓이겠지만, 이곳을 사는 사람들의 표정도 좀 달라 보인다. 얼마 전 아내가 인스타그램에서 디테일이 괜찮은 의류 브랜드를 발견했다며 보여주는데, 옷마다 달아놓은 이름이 '서초 블레이저', '신촌 조거팬츠', '공덕 셔츠드레스', '서울숲 니

트드레스'였다. 서초와 신촌 자리에 우리는 늘 하라주쿠와 뉴욕을 넣어왔었는데. 우리는 이제야 우리를 봐줄 만하다고 생각하는 건 아닌지.

코로나로, 세상의 좋고 나쁨의 기준이 통째로 흔들리는 요즘 같은 시절엔, 위기를 만나면 어쨌거나 놀랄 만한 힘을 내는 이 나라 사람들이 더 주목받을 수 있다고 생각한다. 축제가 끝나면 알아서 쓰레기를 치우고, 바다에 석유가 쏟아지면 휴가를 내어 해변을 찾아가고, 바이러스가 위협하면 기꺼이 모임을 줄이고 마스크를 쓰는 사람들. 이 나라의 정치력과 시스템이 충분히 훌륭한가에 대해선 이견이 있을 수 있지만, 사람들에 대해서라면 아마 없을 것이다. 서울과 서울의 사람들에게 부정적이기로는 둘째가라면 서러웠던 나지만, 요즘은 점점 멋져지는 서울을 쓰다듬어줘도 좋지 않나 생각한다. 서울이 아름답다는 생각을 한다. 예전보다 부쩍, 자주.

앱형 인간관계

사회적 거리두기가 시작되고, 대면 모임이 정말 많이 줄었다. 일단 저녁 식사를 낀 모임들이 거의 사라졌다. 팀 회식도 어지간한 일이 아니면 잡지 않는다. 너무나 조용해진 퇴근 후의 시간들이 어색하다가도, 그 어느 때보다 가족들과 시간을 오래 보내는 요즘이 오히려 더 마음 편하게 느껴진다. 사실, 원치 않는 모임을 거절하기 애매했던 사람들에게 사회적 거리두기는 괜찮은 핑곗거리가 된다. "아휴 지금이 어떤 때인데… 우리 마스크가 필요 없는 때가 오면 만나요."

그런데 생각해보면, 만나야 할 사람은 어떻게든 어떤 방법을 써서든 만나게 된다. 가끔은 이런 생각이 든다. 우리는 코로나를 구실로, 관계에 있어서도 선택과 집중을 하게 된 것 아닐까? 비대면 관계가 뉴 노멀new normal이 된 지금, 대면관계를 갖는 상대는 그만큼 중요한 사람이라는 뜻이다. 마스크를 쓴다고 해도 사람이 모이는 장소에 간다는 건 분명 위험을 감수해야 하는 일이니까. 리스크가 있지만, 그럼에도 불구하고 당신이라면 만나고 싶다는 뜻이다. 성근 체로 치면 굵은 돌만 남는 것처럼, '그럼에도 불구하고'라는 필터를 통해 내 인생에 더 중요한 사람과 덜 중요한 이들이 자연스럽게 분리된다. 고통스러운 사회적 거리두기의 작은 선물이다.

어쩌면 우리는 그동안의 무수한 연결에 피로했는지도 모른다. 혼밥과 혼술이란 단어가 급격하게 자주 눈에 띄던 몇 년 전을 시작으로 그 기미는 이미 무르익고 있다가, 코로나 사태를 계기로 그 불필요한 연결의 선들을 끊어내고 있는지도 모른다. 내 주위 후배들이 사람들을 만나는 방식을 가만히 관찰해보면, 나는 이런 단어가 떠오른다.

'앱형 인간관계'

스마트폰 속 앱들을 필요에 따라 켜고 끄듯이, 요즘의 2030들은 사람들을 만난다. 일단 관계의 스펙트럼이 굉장히 다양하다. 마치 스마트폰 속의 앱들처럼. 회사 후배 또는 대학생 후배들이 일과를 마치고 만나는 모임들에 대해 들어보면, 예전보다 훨씬 다채로워졌다는 생각이 든다.

한 후배는 퇴근 후 함께 모여 글쓰기를 하는 '거기서부터 쓰기'라는 모임의 클럽장으로 활동 중이다. 일 년에 두 번, 매 기수마다 열 명 남짓한 회원들을 모집하는데, 오픈하면 몇 시간 만에 금방 인원이 찰 정도로 인기가 많다고 한다. 글 쓰는 일이 직업인 사람들이 모인 광고회사라서 그런지, 글쓰기 모임의 클럽장을 한다는 친구도 주위에 여럿이다.

주니어보드라는 사회적 재능기부 프로그램에서 멘토-멘티 관계로 만났던 친구는 요즘 열심히 달리기 모임에 참여 중인데, 얼마 전엔 경주까지 가서 달리기를 하고 오더니 며칠 전엔 한강을 달리면서 쓰레기를 줍는 모임 사진을 인스타그램에 올렸다. 예전에 함께 일했던 팀원은 주말마다 독서모임에 나간다고 했다. 어느 광고회사에 카피라이터로 입사한 또 다른 주니어보드 후배는 작년에 등산모임 멤버를 모집하는 글을 인스타그램에 올렸는데 모임 이름이 무려 '불곰산악회'였다. 러닝을 하자니 체력이 달리고, 그래도 운동은 하고 싶은 MZ세대들을 위해 유유자적 대충하는 산악회를 만들겠다고 했고, '과연 사람이 모일까?'라는 나의 아재스러운 우려를 비웃듯 이 모임은 성황리에 운영 중이라고 들었다. (그들은 산 정산에 오르면 불곰 포즈로 사진을 찍어 올리는 중이다.)

『평소의 발견』 출간을 계기로, 브랜드와 마케팅에 관심 있는 사람들이 모여 트렌드를 이야기하는 모임들에 초대되었는데, 자리에 모인 분들의 면면이 너무나 다양해서 놀랐다. 항공사의 주니어. 전자회사의 높으신 분. 인터넷 서점의 마케터. 푸드 프랜차이즈를 구상하시는 예비 사장님.

사실 후배들에 비해 정도만 조금 덜할 뿐 나의 인간관계의 양상도 마찬가지로 빠르게 변하는 중이다. 나와 내 주위 사람들은 예전처럼 회사 안의 인간관계에 올인하지 않고, 밖으로, 밖으로 나가 관심사와 취향이 비슷한 이들과의 새로운 관계를 모색하고 있다. 스마트폰 속 앱을 필요하면 깔고, 필요할 때 보고, 필요 없으면 지우는 것처럼, 얇고 넓은 관계. 자유로운 만남과 헤어짐.

'앱형 인간관계'는 어쩌면, 고양이가 특히 사랑받는 요즘 트렌드와도 닿아 있다. 올해 초 어느 신문에서, 고양이가 주목받는 시대를 우리 사회의 수직 명령 구조의 붕괴와 연결시

나와 내 주위 사람들은 예전처럼

회사 안의 인간관계에 올인하지 않고,

밖으로, 밖으로 나가 관심사와 취향이 비슷한 이들과의

새로운 관계를 모색하고 있다.

스마트폰 속 앱을 필요하면 깔고, 필요할 때 보고,

필요 없으면 지우는 것처럼, 얇고 넓은 관계.

자유로운 만남과 헤어짐.

켜 해석한 기사를 보았는데, 나도 모르게 고개가 끄덕여졌다. 한 직장이 평생을 보장해주는 시대가 무너지고 있다는 것. 그러니 한 집단에 모든 것을 걸고 충성을 다하기보다는, 내 능력을 키우는 것이 더 점점 유리해지는 시대가 오고 있다는 것. 까라면 까야 하는 조직보다 자유롭게 이동하고 의견을 나누는 조직이 늘어나고 있으며, 선망의 대상도 전자보다는 후자 쪽으로 이동하고 있다는 것. 그러니 그런 사회적 맥락에서는, 주인에게 충성하며 사랑을 갈구하는 강아지보다, 독립적으로 존재하며 스스로 우아한 고양이가 더 멋져 보인다는 것. 정말 그럴듯한 분석 아닌가?

원치 않는 사람들과의 관계는 과감하게 줄이고, 취향이 맞는 사람들, 내가 필요한 사람들과는 다양하게 그리고 얕게 만나는 인간관계. 매정하다고 생각할 수도 있지만, 어쩌면 이게 더 현명한 삶의 방식이란 생각도 든다. 한 살 두 살 나이를 먹으면서 느끼는 건, 사람과 사람 사이의 관계에 지나치게 집착할 필요가 없고, 필요에 의해 맺은 관계들은 내 필요가 사라짐에 따라 (혹은 상대방에게 내가 필요 없어짐에 따라) 자연스럽게 정리된다는 것이다. 가족을 빼고 정말 중요한 사람은 한

줌이다. 우리가 할 일은 모든 이와의 좋은 관계를 위해 시간과 에너지를 쓰는 것보다, 그저 최선을 다해 지금 눈앞에 있는 사람을 만나는 것이다. 그리고 시간이 흘러서도 내 곁에 남아 있는 사람들이 있고, 그들이 여전히 소중하고 마음이 간다면, 그것이 얼마나 대단한 일인지에 대해 감사하면서 충분히 그 감사함을 표현하면 된다.

또 한 가지 깨달음은, 이상하게 만날수록 힘이 빠지고 알 수 없는 스트레스를 주는 사람들에게는 내 소중한 시간을 투입할 필요가 없다는 것이다. 어차피 그런 사람들과는 억지로 관계를 이어 나간다 한들 오래가지 않았다. 인생은 짧고, 지금 이 시간에도 남은 하루는 줄어들고 있으니, 나는 차라리 만나면 그저 좋은 사람들에게 밥을 한 끼 더 사주려고 한다. 얼마 전 티키틱의 '컬러링'이란 노래를 듣다가 귀여운 가사를 발견했다. 자신에게 전화를 건 사람에게 전하는 이야기였다.

두 가지겠죠. 내가 좋거나. 아니면 필요하거나.

당신은 전자였음 좋겠어요. 전화 주셔서 고마워요.

내가 상대방에게 필요한 사람이라면 뿌듯해서 좋고, 좋

은 사람이라면, 더 바랄 나위 없이 좋다. 앱형 인간관계의 세상이 정말로 온다면, 사람들이 자주 찾는 앱이 되겠다는 원대한 꿈을 꾸어본다.

죄책감

밤마다 분리수거를 할 때면 이래도 되나 싶은 적이 많다. 예전에는 일주일에 두 번만 버리러 가면 되던 것을 이제는 이틀에 한 번씩 분리수거를 하지 않으면 집 안 분리수거함이 터질 지경이다. 원인은 누가 뭐래도 플라스틱이다. 그리고 그 넘치는 플라스틱의 원인 중 하나는 분명 코로나다.

거리를 보면 배달 오토바이의 수가 엄청나게 늘었다. 운전자 중 한 사람으로서 도로 위에서 배달 오토바이의 아슬아슬한 운전을 보면 저러다 큰일 나지 싶은데, 사실 이분들에게는 나도 할 말이 없다. 나 또한 요즘 배달음식을 엄청나게 시켜 먹으니까. 일단, 코로나 감염 걱정에 외식 횟수를 확 줄였다. 게다가 음식점들의 생존을 위한 노력과 수많은 배달앱들

덕분에 일 년 사이 집에서 시켜 먹을 수 있는 음식의 수가 엄청나게 늘어나버렸다. 워낙 인생에서 맛있는 음식을 먹는 것이 중요한 사람이라, 맛집의 메뉴들을 집에서 즐기는 순간엔 온 세상이 아름다워 보일 지경이지만, 일단 다 먹고 나서 식탁을 내려다보면 곧바로 죄책감이 시작된다.

식사를 마친 뒤의 식탁은 말 그대로 플라스틱의 산이다. 반찬 하나하나가 각각의 플라스틱 용기에 담겨 있고, 때론 그것이 랩으로 한 번 더 싸여 있다. 나는 음식을 먹을 때 메인 메뉴를 편애하고 반찬들과는 데면데면한 편인데, 젓가락 한 번 대지 않은 반찬을 통째로 음식 쓰레기로 버리면서, 그것을 담은 플라스틱 용기마저 그대로 재활용통에 넣을 때면 애써 농산물을 기른 농부와, 그것을 요리한 요리사와, 그것을 집 앞까지 배달해준 기사님과, 무엇보다 지구에게 정말 미안해진다. 이래도 되나. 이게 다 어디로 가나.

마침 뉴스에선, 코로나 이후 우리나라도 넘치는 플라스틱 쓰레기를 처리할 수 있는 한도를 한참 초과하여 골머리를 앓고 있다고 했다. 고유가 시대에는 플라스틱을 만드는 비용도 비싸서 폐플라스틱을 재활용하는 것이 돈이 되었지만, 요즘 같은 저유가 시대에는 인건비를 들여 플라스틱을 재활용하느니 그냥 모아서 태워버리곤 한다는 기사도 보았다. 그것이 자본의 논리라 했다.

지구라는 행성을 공격하는 인간이란 '바이러스'를 없애기 위해 지구가 맞은 '백신'이 코로나라는 우스갯소리가 있다. 그런데 요즘은 이 이야기가 별로 웃기지 않는다. 아무리 생각해도, 웃자고 즐기기엔 너무나 진실에 가깝지 않은가. 인간의 활동이 줄어들자 베네치아의 바다가 맑아지고 돌고래가 돌아왔다는 뉴스를 우리 팀 누군가가 단톡방에 올려 공유했다. "뉴스 보셨어요? 어머나 진짜 우리가 지구의 바이러스였나 봐요." 대기 질이 안 좋기로 유명한 인도 뭄바이의 거리가 선명해진 사진은 또 어떤가. 아니, 멀리 갈 것도 없이, 그 어느 해보다 맑고 투명했던 2020년의 가을 하늘은 또 어땠는가. 강남 가로수길에 있는 회사에서 멀리 북한산과 도봉산의 능선이 또렷이 보이던 가을, 팀 사람들과 점심을 먹고 돌아오며 말했다. "서울 하늘이 이렇게 일주일 내내 맑고 깨끗했던 적이 있었나? 와 근데 우린 이 좋은 공기를 마스크를 쓰고 마시고 있네."

코로나로부터 살아남기 위해 인간이 활발하게 생산 중

인 플라스틱은 다 어디로 갈까? 바다로 떠내려가 어린 거북이의 먹이가 될까? 조각으로 부서져 미세 플라스틱이 되어 다시 우리 입으로 들어올까? 그나마 배달앱 주문페이지에 마련된 '일회용 수저 보내주지 마세요' 칸을 열심히 체크하는 중이지만, 죄책감은 쉽게 사그라지지 않는다. 그리고 이 마음은, 단지 나만의 것은 아닌 듯하다.

사회의 트렌드를 읽는 것이 굉장히 중요한 광고회사인지라 담당부서에서 매달 한 번씩 구성원들에게 전 세계 또는 국내 소비자들의 트렌드를 정리해서 알려주는데, 이제 기업들도 친환경이 아니라 필必환경하지 않으면 살아남을 수 없는 시대가 왔다고 한다. 당장 우리나라 기업들의 광고만 봐도, 발 빠른 움직임이 느껴진다. 재생 플라스틱에 담았다는 엔진오일 광고, 버려진 페트병으로 만들었다는 겉옷 광고. 스팸의 노란 뚜껑이 사실은 아무 기능 없는 플라스틱 장식이라는 사실이 알려진 후 소비자 단체가 스팸 뚜껑 반납 운동을 시작하자, 뚜껑 없는 추석선물 세트를 시작으로 차례로 뚜껑을 없애겠다고 발표한 기업까지. 원인이 무엇이든, 긍정적인 변화다.

코로나로부터 살아남기 위해

인간이 활발하게 생산 중인 플라스틱은 다 어디로 갈까?

바다로 떠내려가 어린 거북이의 먹이가 될까?

조각으로 부서져 미세 플라스틱이 되어

다시 우리 입으로 들어올까?

매년 점점 더 견디기 힘들어지는 기후변화와 생전 처음 겪는 팬데믹이라는 상황. 그냥 살던 대로 살면 되는 줄 알았는데, 지금까지의 우리의 방식이 뭔가 잘못되었다는 감정. 그 덕에, 나의 일상도 미세하게 달라졌다. 올여름, 가장 좋아하는 여행지 제주로 휴가를 가서 아들과 게를 잡으러 바위 위에 올라갔다가, 너무나 많은 유리 조각과 비닐봉지를 보고는 난생처음으로 초보적인 형태의 플로깅(조깅을 하면서 동시에 쓰레기를 줍는 운동)을 시도해보았다. 맑고 투명한 제주의 바위와 해초 사이에 그렇게 많은 편의점 비닐봉지와 테이크 아웃 커피 컵이 숨어 있는 줄 몰랐다. 서울에서의 삶도, 이전과는 조금 달라졌다. 예전엔 페트병을 따로 모아 발로 밟아 버렸다면, 이제는 뚜껑을 분리하고 라벨도 따로 분리하려고 한다. 더러운 플라스틱은 재활용이 안 된다고 하길래 음식이 묻은 것은 가능하면 씻어버리고, 종이 박스의 테이프도 제거하려고 노력한다.

사실, 이 모든 시도들이 다 부질없어 보이는 때도 있다. 최선을 다해 작업(?)한 페트병을 아파트 재활용함에 버리다가 그 안을 들여다보면, 인간이 마신 흔적만 있을 뿐 너무나 온전한 형태로 버려진 페트병들이 대다수일 때가 많다. 그럴 때면 나는 뭐 하자고 집에서 쪼그리고 앉아 라벨을 떼고, 페트병을 밟았나 싶기도 하다. 하지만 이런 나의 번민을 다독여준 것은 흥미롭게도 한 편의 광고였다. 박카스 광고였고, 바닷속으로 다이빙해서 쓰레기를 주워 오는 부부의 이야기였다. 화면 밖에서 누군가가 묻는다.

"이 넓은 바다가 그런다고 회복될까요?"

그러자 다이버 남편이 대답한다.

"최소한 우리가 지나온 길은 바뀌잖아요."

그렇구나. 한 사람이라도 노력을 하면 적어도 한 사람어치는 좋아지겠구나. 그린피스 같은 NGO 단체를 통해 지구에 대한 미안함을 실천으로 옮기는 사람들도 있지만, 그럴 용기가 없는 나 같은 사람은 그저 한 사람어치만이라도 하면 되는 거구나. 페트병에서 손톱으로 열심히 플라스틱 라벨을 뜯어내면, 적어도 떨어진 플라스틱 라벨만큼은 지구에게 도움이 되겠구나.

코로나19 이후, 지구에 대한 미안함을 느끼는 순간이 늘었다. 그리고 이런 미안함을 느끼는 사람들이, 내 주위에도 부쩍 많아졌다. 미안해하고, 죄책감을 느끼는 인류가 꽤 많다는 사실을 지구도 얼른 알아차리고, 천천히라도 좋으니 조금씩 예전의 지구로 돌아가주길 고대한다. 나의 사랑하는 어머니가 열 달을 고생하여 낳은 나인데, 알고 보니 인간이 아니라 지구를 공격하는 바이러스였다면 너무나 슬픈 일 아닌가.

교가

초등학교 6년을 마치고 중학교로 가던 해에 나는 마치 어른이 된 것 같은 착각을 느꼈다. 교복을 입은 나의 모습은 머릿속에 그리던 어른의 모습과—적어도 옷차림까지는—비슷해 보였던 것이다. 재킷과 와이셔츠와 넥타이라니. 그러나 입학하여 두근대는 마음으로 맞이한 첫날, 음악 선생님은 무슨 이유에서인지 각자가 나온 초등학교의 교가를 부르게 하셨다. 초등학교 교가? 어른이라 불러도 손색없을 어엿한 중학생에게 초등학교 시절을 떠올리게 하다니. 그러나 나는 시키면 최선을 다하는 어린이, 아니 청소년답게 이내 마음을 고쳐먹었다. 초등학교 교가를 좀 부르면 어떤가. 누구나 자신의 뿌리는 있는 것 아닌가. 나는 국가대표라도 된 심정으로 내가 나온 학교의 교가를 불렀다.

“비단 물결 휘감도는 유등천가에, 부푼 꿈 가득 찬 배움의 터전”

그날의 음악실은, 오디션 프로그램의 한 장면처럼 약간의 긴장감이 감돌았다. 그 야릇한 ‘국가대표’스러운 느낌을 아마 다른 친구들도 느꼈나 보다. 대전 시내 곳곳에서 모인 소년들은 각자가 나온 초등학교의 교가를 목 놓아 불렀는데, 신기하게도 그날 한 친구가 노래를 부르던 장면이 아직도 잊히지 않는다. 숨넘어갈 듯한 독특한 창법과 최선을 다하는 표정 때문에, 그 친구가 교가를 부를 때 교실은 웃음바다가 되었다. 그의 독특한 퍼포먼스와는 별개로 가사는 매우 전형적이었는데, 나는 그 친구가 나온 학교의 교가를 틈틈이 흥얼거리다가 도입부를 완전히 외워버렸고, 놀랍게도 내 아이가 초등학교를 다니는 지금까지도 기억하고 있다.

“식장산 푸른 해가 신비롭구나. 새롭게 눈을 떠서 꿈을 키우며”

그 시절 나는 친구들의 교가에서 어떤 공통점을 발견했다. 그것은, 모든 교가가 학교가 위치한 지역의 유명한 지형

지물을 일단 언급하고 들어간다는 것이다. 그리고 신기하게도 그 패턴은 이후 내가 적을 두었던 모든 학교와 집단에서 똑같이 발견되었다. 예를 들면, 내가 다니던 중학교의 교가는 이랬다.

"계룡산 높이 솟아 하늘을 찌르고, 금강수 흘러 흘러 끊임이 없구나"

고등학교라고 다르지 않았다.

"찬란한 해가 솟는 동방의 이 땅, 서기 어린 계룡의 정기를 받아"

왜일까? 왜 모든 교가는 산과 강을 데려올까. 쓸데없는 것을 곰곰이 생각해보는 것이 특기인 나는 나름대로의 결론에 다다랐다. 어쩌면 그것은, 우리가 '소속이 매우 중요한' 사회에서 살아왔기 때문 아닐까? 그러니 교가의 시작부터 그 학교가 위치한 곳의 산과 강을 끌어들여 동질성을 다졌던 것 아닐까? 그럼 왜 하필 산과 강일까? 오직 비슷한 동네에 산다는 이유로 같은 학교에 배정된 아이들에게서 어떤 공통점이 있겠는가. 가정환경도, 부모가 추구하는 가치도 각기 다른 아이들에게 찾아낼 수 있는 공통점은 근처에 흐르는 유등천이나, 식장산이나, 계룡산 아니겠는가. 그렇게라도 구성원들을 하나로 묶는 연결고리를 만들어줘야 하지 않았을까. '우리가 누굽니까. ○○산의 정기를 받은 사람들 아닙니까.'

소속이 중요한 사회라는 관점은 우리의 이름 안에도 숨어 있다. 나의 이름은? 유병욱이다. '유'씨 가문의 병욱이다. 소속이 먼저이고, 개인은 그다음이다. 서양의 이름 순서는 어떤가? 우리와는 반대로, 이름을 먼저 쓰고, 성을 나중에 쓴다. 이름이 마이클 잭슨이라면, 나는 '마이클'인데, 잭슨 가문의 사람이다. 개인이 먼저이고, 소속은 그다음이다. 실제로 서양 친구들을 만나보면 집단보다는 개인을 앞에 두는 행동들을 많이 하는데, 이 모든 관점들이 이름의 순서에도 반영된 것이 아닐까?•

소속 집단이 중요한 사회에서 살아왔기에, 우리는 늘 집단의 눈치를 보고, 집단의 가치관에서 벗어나는 행동을 두려

• '개인'과 '집단' 사이의 우선순위를 성과 이름의 순서에서 유추하는 것은 그저 나의 개인적인 가설일 뿐이다. 다만 소속된 집단과 그 안에서의 관계가 중요한 동양사회와, 개인의 선택이 중요한 서양사회의 사고방식의 차이를 다룬 훌륭한 책들은 서점에서 쉽게 구할 수 있다. 개인적으로는 리처드 니스벳 교수가 쓴 『생각의 지도』라는 책을 인상 깊게 읽었다.

워했다. 개인의 이익을 추구하는 사람을 쉽게 비난해왔다. 소속이 중요했기에, 학연과 지연도 중요했다. 얼마 전까지만 해도 우리 사회는 소속이 같다면 눈에 띌 정도로 이익을 보장해주었다. 그러니 좋은 곳에 소속되기 위해 부모와 자녀가 힘을 합쳐 혼신의 노력을 했다. 좋은 대학에 가기 위해 모든 리소스를 교육에 투자했다. 좋은 대학을 많이 보내는 고등학교가 모일수록 좋은 학군이었고, 그곳에 살고 싶다면 엄청난 집값을 지불해야 했다.

그러나 점점, 소속이 모든 것을 보장하는 시대는 끝나가는 것 같다. 서울대학교를 나오면 얻는 이익은 분명히 있다. 그러나 지금 대학을 다니고 있는 후배, 그리고 막 직장생활을 시작한 후배들의 이야기를 들어보면, 그 이익이 예전처럼 압도적이지는 않아 보인다. 당장 나만 해도 회사에 지원한 대학생들을 면접하는 경우가 있는데, 최고의 학교를 다니는 지원자들은 대체로 영리하고 이해가 빠른 친구들일 확률이 높지만, 그 간판이 좋은 문장력을 보장해주지는 않았다. 회사가 정말 필요로 하는 재능은 조금 다른 것이다. 과거에는, 그럼에도 불구하고 좋은 학벌의 지원자들을 뽑았는지 모르겠지만, 적어도 나와 내 동료들의 판단기준은 조금 다르다. 문장과 생각과 태도가 맨 앞의 판단기준이다.

학벌이 모든 것을 보장해주는 시대가 끝났음은 이미 많은 학부모들도 인지하고 있는 것으로 보인다. 나도 아이의 교육을 걱정하는 부모인지라 교육에 늘 안테나를 세우고 있는데, '그래도 좋은 학교에 가면 좋은 친구를 만나고 좋은 기회를 얻으니까 좋은 대학교를 가면 좋지' 정도가 현재의 온도라고 생각한다. 여전히 뜨겁지만, 예전처럼 타오르진 않는다. 친구들의 이야기를 들어봐도, 집안의 모든 기회비용을 아이의 교육에 모두 투입하는 것이 과연 현명한 일인가라는 의문을 던지는 부모들도 전보다 많이 늘었다. 시간은 분명 걸리겠지만, 변화는 시작되었다.

유병욱의 '유'가 중요하던 시대에서 우리는 점점 '마이클' 잭슨처럼, 소속보다 개인을 주목하는 시대로 향하고 있다. 그가 어디에 속해 있느냐보다는, 그가 얼마나 개별적으로 반짝거리며, 어떤 독특한 생각을 하고, 어떤 놀라운 경험을 쌓아왔는지를 들여다보는 시대로 가고 있다. 물론 우리가 서양처럼 온통 개인이 중요한 사회로 '순간이동' 하지는 않을 것이다. 우리에게도 우리 사회에 어울리는 밸런스가 있을 테니까. 생각해보면, 집단의 가치가 중요한 사회의 힘도 분명히 있다. 코로나 방역에 애를 먹는 유럽에 비해, 한 사회의 안전이라는 목표를 위해 힘을 합쳐 위기를 건너가는 한국의 모습도 멋지다고 생각한다. 사회학을 전공한 사람도 아니고 그저 한 명의 광고인일 뿐이니, 이 현상을 분석하고 예측하고 싶은 생각은 없다. 다만 시대의 흐름을 잘 이해하고 있어야 하는 직업을 가진 사람으로서 궁금할 뿐이다. 우리는 지금 '유'와 '병욱' 사이의 어디에 있을까? 적어도, 다시 '유'의 시대로 돌아가는 일은 없지 않을까?

휴무

새로운 동네로 이사를 가면 나는 일단 눈부터 번뜩인다. 주변의 지형지물을 재빨리 파악해두는 습관이 내게는 있다. 근처에 맛있는 짜장면집이 있는지. 숨은 맛집은 없는지. 생필품은 어디서 사야 하는지. 앞으로 커피는 어디서 마셔야 할지. 그래서 이사하고 나서 몇 달은 일부러 길을 빙 돌아서도 가보고, 큰길 옆 골목골목도 들어가본다.

지금 살고 있는 집에는 2017년에 이사를 왔다. 동네를 거의 파악해갈 즈음, 집에서 멀지 않은 곳에 새로 생긴 닭강정 가게를 발견했다. 큰길가이긴 하지만 위치가 살짝 애매해서 닭강정을 팔기에 적당해 보이진 않았지만, 요즘은 맛집이라면 골목 구석까지도 찾아와 줄을 서니까, 주인장에게도 다 생각이 있겠거니 했다. 그래도 지역주민인데, 언제 한번 사 먹어보리라 다짐했다. 눈독 들이고 한 달쯤 지났을까. 퇴근길, 늘 불이 켜져 있던 닭강정집은 평소보다 일찍 문이 닫혀 있었고, 가게 유리문 앞에는 까만 글씨가 적힌 A4 용지가 한 장 붙어 있었다.

휴무

저희 아기 탄생으로 휴무를 합니다.

'금일 휴업', '연휴 기간 쉽니다' 같은 안내문은 수도 없이 봤지만 아기가 태어나서 쉰다는 안내문은 처음이었다. 게다가 저 한 줄은 묘하게 사람의 마음을 움직이게 하는 구석이 있었다. 그것은 아마도, 겸손하게 들리는 '저희'라는 말과, 가게 문 앞에 붙은 안내문에서 읽으리라고는 상상하지 못한 '아기'라는 말, 그리고 애초에 단어 자체에 기쁨이 가득한 '탄생'이라는 말, 이 세 단어 덕분이었다. 안내문은 마치, 천성이 선하고 정이 많은 주인이 기쁨에 넘쳐 가게 밖의 사람들에게 외치는 것만 같았다.

'오늘 저희 집에 아기가 태어났어요. 은근슬쩍 자랑하고 싶은데 그래도 되나요. 두근두근한데 원래 이런 건가요. 혹시라도 오늘 우리 가게를 찾아오신 손님들, 가게 문 닫은 것 아닙니다. 저희 아기 탄생으로 휴무를 합니다.'

나는 가던 걸음을 멈추고 불 꺼진 가게 문을 바라보았다. 문구에 쓰인 마음이 너무 예뻐서, 아내에게 보여주고 싶어 사진을 찍었다. 그후로 그 가게는 내게 흔한 동네 닭강정 가게가 아니라, 막 태어난 아기를 사랑스러운 눈빛으로 바라보는 부모가 정성스럽게 닭강정을 만드는 가게로 기억됐다. 우연히 안내문 한 장을 봤을 뿐인데.

그 뒤로, 오며 가며 나는 가게를 들여다보았다. 가게 안에 사람이 많으면 내심 기분이 좋았다. '오늘 매상 좋았겠네. 엄마 아빠는 피곤해도 기운이 났겠네. 5월에 태어난 아기는, 잘 크고 있을까.' 어느 날은 퇴근길에 들러 닭강정을 샀다. 카운터의 젊은 남자는 아마도 주인인 것 같았는데, 친절하고 싹싹하게 닭강정을 건네는 모습이 문구를 쓴 딱 그 사람 같았다. 집에 돌아와 먹어본 닭강정은 맛이 꽤 괜찮았다. (하지만 기본적으로 청양고추가 살짝 들어간 매운 닭강정이라 아들에게 먹일 수는 없어 자주 가진 못했다.) 배달앱에 닭강정 가게가 뜨고, 꽤 좋은 평점과 리뷰가 달리는 걸 확인하고는 알 수 없는 흐뭇함을 느꼈다.

그렇게 마음속으로는 늘 단골이었던 가게였다. 그러던 와중에, 코로나가 전 세계를 덮쳤고, 우리 동네라고 예외일 순 없었다. 퇴근길 닭강정 가게는 텅 비어 있을 때가 많았다. 누구도 퇴근하고 술 한잔 기울이지 않던 시기였으니 그럴 만도 했다. 코로나는 잡힐 듯 잡히지 않다가, 아주 작은 방심의 틈바구니를 기가 막히게 빠져나와 2차, 3차 대유행으로 이어졌다. 정부는 대응 단계를 높였고, 사람들은 집에 틀어박혔고, 가게들은 9시 전에 문을 닫아야 했다.

나 또한 그즈음 광고회사가 가장 바쁘다는 시기를 견뎠다. 11월과 12월, 마스크를 쓰고 경쟁 프레젠테이션을 하고, 마스크를 쓰고 야근을 하고, 그 너덜너덜해진 마스크를 쓰고 택시를 타고 귀가하는 날엔 옆을 돌아볼 여유 따윈 없었다. 너무하다 싶을 정도로 몰려오던 일의 파도가 살짝 물러나고, 한숨을 돌리며 조금 일찍 퇴근하던 날이었다.

닭강정집 불이 꺼져 있었다.

닭강정집 유리문 앞엔, 작은 현수막이 걸려 있었다. A4 용지로 휴무를 알렸던 바로 그 자리에 '임대문의' 네 글자가 쓰여 있었다. 가게 안은 너무하다 싶을 정도로 깨끗했다. 내 머릿속에 일 외에는 어떤 생각도 집어넣을 수 없었던 그 시기에, 아마 그 가게는 가구를 모두 뺐던 모양이다. 눈을 의심하다가, 가슴이 답답해졌다. 아. 안 되는데. 이 가게는 안 되는데.

나는 갑자기 2017년에 태어나 한참 자라고 있을 아기의 안부가 궁금했다. '개인 사정으로 이틀 쉽니다'가 아니라, '저희 아기 탄생'이라는 선한 단어를 쓰는 주인에게 슬픔이 찾아가지 않기를 바랐다. 이럴 줄 알았으면 마음으로만 응원하지 말고 몇 번이라도 더 찾아가 사 먹을 걸 그랬나. 아기는 잘 크나요? 한번 물어보기라도 할 걸 그랬나?

그리고 갑자기 근처에 자주 눈에 띄던 '임대문의' 현수막이 예사롭지 않게 보였다. 다정한 주인이 있을 테고, 무뚝뚝한 주인도 있겠지만, 사연 없는 사람은 없을 텐데. 어른이 가게를 열어 아이를 먹이고, 돈이 많이 벌리는 날엔 사랑하는 사람에게 좀 더 비싸고 맛난 걸 먹이고, 연말엔 여지없이 머

"휴무"
저희 아기 탄생으로 휴무를 합니다.

리를 긁적이다가도 새해엔 새해의 결심을 하는 사람들이었을 텐데.

계획을 세우고 희망을 갖는 것이 사치가 되고, 그저 현상 유지가 꿈이 되는 이 가혹한 날들은 언제쯤 지나갈까. 가진 것이 충분치 않을수록 더 쉽게 위험에 노출되는 이 시기는 언제쯤 끝날까. 세상엔 많이 배우고 뛰어난 분들이 많으니 부디 이 시기를 현명하게 넘길 답을 찾아줬으면 좋겠다. 다큐멘터리에서 나오는 약육강식 같은 단어를 인간의 일들에 너무나 간단하게 붙이는 일은 없었으면 좋겠다. 그것이 인간이 동물에서 진화한 이유이고, 인류가 문명을 이룬 이유라고 믿는다.

* * *

그럴 리 없겠지만 혹시라도 이 책을 보실지 모르는 사장님께. '저희 아기 탄생으로 휴무를 합니다'라고 써 붙이는 마음, 그동안 가게를 찾은 손님들에게 분명 전해졌을 거예요. 그 마음으로 여실 다음 가게는 훨씬 더 잘 될 거라 믿습니다. 2017년 5월 태어났을 아기도 따뜻한 눈빛의 아빠 엄마처럼 건강하게 자라길 빕니다. 가게 문을 닫은 지금 이 시간이 인생에 꼭 필요한 잠깐의 휴무이길 빕니다. 모르는 사이지만 응원합니다.

미트로놈

메트로놈. 소리를 규칙적으로 발생시켜 음악의 빠르기를 정해주는 장치. 학창 시절 음악 시간에나 봤던 메트로놈이란 단어를 떠올린 건 몇 년 전 주니어보드 후배와 망치라는 스피치 프로젝트의 무대를 준비하면서부터였다. 후배는 WWOOF (World Wide Opportunity on Organic Farm)라는 기관을 통해 해외에서 농장체험을 하게 됐는데, 이탈리아와 프랑스의 농가에 2주씩 머무르면서 삶의 '박자'에 대해 생각해보게 되었다고 했다. 세계 각지에서 모인 친구들과 농장 사람들에게서 느껴지는 생활의 템포가 너무나 낯설었고, 막상 그 박자를 경험해보니 우리 사회의 박자가 얼마나 빨랐는지 실감이 났다고 했다. 삶의 박자에 대한 이야기는 이런저런 사정으로 결국 무대에 올리지 못했지만, 당시 발표를 준비하면서 후배가 써온 문장은 아직도 기억에 남는다.

"한국에서의 제 삶의 박자가 프레스토presto(매우 빠르게)였다면, 농장에서는 리테누토ritenuto(즉시 속도를 늦추다)였어요. 하지만 한국에 돌아와서는 아 템포A tempo(이전의 빠르기로)가 되었답니다."

삶의 속도는 한 가지가 아니며, 그 빠르기와 느리기도 결정된 것이 아니라 어쩌면 '선택'할 수 있다는 것. 발표의 제목을 고민하다가 우리는 메트로놈metronome을 살짝 바꾼 미트로놈ME-tronome이란 단어를 떠올렸다. 사회가 정해준 박자가 아니라, 내가 원하는 박자대로 움직일 수 있다면 멋지지 않을까? 그 박자의 기준이 말하자면 '미트로놈' 아닐까? "우리가 생각한 단어지만 꽤 그럴듯하지 않니?" 후배와 나는 뿌듯해하며 한참 웃었는데, 그게 벌써 5년 전이다. 그런데 재미있게도, 요즘 들어 그 단어가 자주 떠오른다.

우리 사회엔 어떤 '박자'가 있다. '곧 졸업인데 취업해야지.' '그 나이엔 결혼해야지.' '더 늦기 전에 애 낳아야지.' 그 박자는 견고했다. 박자 밖을 벗어나면 눈치 주는 사람, 훈수 두는 사람이 많았고, 그걸 견디는 건 몹시도 피곤한 일이었기에 당장 나만 해도 그 박자의 눈치를 보며 살았다. 대체 처음에 누가 세팅했는지를 알 수 없는, 한국 사회의 '메트로놈'이었다.

그러나 견고하던 그 메트로놈의 똑딱거리는 소리가 예전 같지 않다. 요즘은, 자신의 박자로 뚜벅뚜벅 걷는 사람들이 꽤나 눈에 띈다. 해야 한다길래 하는 것이 아니라, 온전히 자신의 판단으로 할지 말지를 결정하고, 그 책임을 기꺼이 지려는 사람들이 늘고 있다.

건축과를 나와 아트디렉터가 되겠다며 광고회사에 입사했다가, 빠르게 목표를 접고 푸드 트럭부터 시작해서 지금은 방송에도 등장하는 셰프가 된 후배가 있다. 학교를 오래 다니면 '졸업'하는 것처럼 회사에도 '졸사'가 필요하다며, 10여 년의 회사생활을 접고 1인 크리에이터로 활동하던 친한 동료는 얼마 전 어느 회사에 원하는 만큼만 출근하는 형식으로 반프반직(반 프리랜서 반 직장인)의 인생을 시작했다. 적어도 내 주위에선 '더 나이 먹기 전에 결혼해야지. 애 낳아야지' 훈수를 두는 경우는 거의 사라졌다. 아이를 낳는 것에 대해 어떻게 생각하느냐는 후배들의 질문에 요즘 나는 이렇게 대답한다.

"낳는 인생도 행복하고, 낳지 않는 인생도 매력 있어."

눈치 보며 남의 박자에 맞춰 살던 나지만, 요즘은 나조차도 이런 질문을 한다. '너무 늦게 졸업하면 안 돼. 몇 살에는 취업해야 해. 몇 살에는 내 집을 마련해야 해.' 그 기준을 따라가면 행복한가? 누가 정했는지도 모르는 기준에 맞춰 적성이 맞지 않는 직장에 취업했다가, 모든 걸 다시 원점에서 시작하는 경우가 너무나도 많지 않나? 내가 다니는 회사 근처엔 '퇴사학교'가 있다. 점심 먹으러 가다가 퇴사학교 간판을 보면 얼마나 많은 사람들이 퇴사를 꿈꾸며 직장생활을 하는지 새삼 떠올리게 된다. 온라인 서점에서 '퇴사'라는 키워드를 쳐보라. 퇴사에 대한 책들이 넘쳐난다. 예전 같으면 꾹 참고 다녔을 사람들이 하나둘 목소리를 내고 있다. '그 박자, 당연한가?' 그리고 하나둘, 빠져나오고 있다. 사회가 정한 박자 밖으로.

그것은 아마도, 암묵적인 룰처럼 굳어진 그 박자가 성공을 보장해주지 못한다는 사실을 우리 모두 서서히 깨닫기 시작해서일 것이다. 월급쟁이의 삶만 봐도, 변화는 드라마틱하다. 우리는 예전에 20세까지 공부하면 65세까지 수입이 보장되던 시대를 살았다. 그러나 이제는 30세까지 공부하고 겨우 직장을 얻어도 45세 이후의 삶이 불확실한 시대를 살고 있

AI가 엎친 곳을 코로나가 덮치면서,

기존의 룰들도 엄청나게 많이 바뀔 것이다.

그러니, 인생이라는 항해를 위해

대대손손 전해 내려오던 지도와 항로도

수없이 용도 폐기될 것이다.

그 말은, 앞으로 우리는 몇 번이고

처음 만나는 물살과 지도에 없는 수로를

통과해야 한다는 뜻이다.

다(게다가 기대수명은 더 늘어나버렸다). 나처럼 수학에 별 소질이 없는 사람도 알 수 있다. 20년만 눈 딱 감고 공부하면, 그후 45년을 먹고 살 수 있었는데, 30년을 공부해도 겨우 15년 동안만 수입이 보장된다니. 뭔가 수지에 맞지 않는 장사 아닌가.

단지 배움과 소득의 상관관계뿐만 아니라, 그 어느 때보다 기존의 질서가 빠르게 붕괴되고 있음은 누구나 몸으로 느끼고 있을 것이다. 변화의 시작은 IT였고, AI가 중심이 되는 4차 산업혁명이었다. 언론에선 앞다투어 과거에 각광받던 많은 직업들이 사라질 것이라 예측했다. 사람들은 고민했다. 10년 뒤 내 직업은 존재할까? AI는 인간의 일을 어디까지 대체할까?

그러다 코로나가 이 혼돈에 새로고침 버튼을 눌렀다. 좀 더 근본적인 차원의 혼돈이 시작된 것이다. 일개 카피라이터에 불과한 나조차도 몇 권의 책과 신문기사를 읽고는 질문이 늘었다. 글로벌 무역을 당연하다고 생각했던 세계의 경제 모델은 여전할까? 노동력이 싼 나라의 공장에서 만든 부품을 조립해서 완제품을 만드는 구조는 계속될까? 여행의 미래는 어떻게 바뀔까? 우리는 예전처럼 출근하고 퇴근하게 될까?

음식을 먹는 행위에 변화는 없을까? 먹을 곳이 있는 장소에 사람이 이동하는 것이 당연했는데, 의외로 먹을 것이 우리에게 오는 구조도 편안하고, 맛도 괜찮지 않나? (그러나 이 엄청난 포장 쓰레기는 또 어떻게 할 것인가?)

AI가 엎친 곳을 코로나가 덮치면서, 기존의 룰들도 엄청나게 많이 바뀔 것이다. 그러니, 인생이라는 항해를 위해 대대손손 전해 내려오던 지도와 항로도 수없이 용도 폐기될 것이다. 그 말은, 앞으로 우리는 몇 번이고 처음 만나는 물살과 지도에 없는 수로를 통과해야 한다는 뜻이다. 누구에게나 경로 수정의 시간은 온다는 뜻이다.

그렇다면, 처음 가보는 경로 위에서 남이 정해준 박자로 움직이다 스텝이 엉켜 망연자실하기보다는, 적어도 내가 선택한 박자대로 걷거나 달리거나 춤춰보는 편이 낫지 않을까? 내 의지와 상관없이 똑딱거리던 메트로놈의 박자, 솔직히 좀 피곤하지 않았나? 어쨌거나 아직은 건재한 기존의 박자에 최선을 다해 매달릴지, 과감하게 미트로놈을 꺼내들지는 당신의 판단이다. 그러나 모든 것이 불명확한 이 시대에 명확해지는 문장이 하나 있다.

'삶의 속도는 한 가지가 아니며, 그 빠르기와 느리기도 정해진 것이 아니다.'

앞으로 나는 이 문장을 조금 더 자주 들여다볼 생각이다.

안전가옥

출퇴근길, 요즘 푹 빠져서 보고 있는 콘텐츠는 '킬링 이브Killing Eve'라는 영국의 스파이 드라마다. '그레이 아나토미Grey's Anatomy'로 골든글로브 여우조연상을 받았던 한국계 배우 샌드라 오Sandra Oh의 연기가 워낙 좋고, 런던이나 베를린, 파리를 무대로 활동하는 암살자를 추격하는 내용이라 장면 장면도 굉장히 화려하다. 드라마 속에는 안전가옥safe house이라는 공간이 자주 등장하는데, 중요한 정보를 가지고 있는 인물을 상대 세력으로부터 보호하기 위한 이곳은 지도상에 위치가 표시되지 않는 일종의 은신처다. 내부에는 간단한 취사와 샤워가 가능하고 주위에 보안요원들을 붙여 혹시 모를 상대방의 공격에 대비한다. 외부로부터 완벽히 격리된 안전한 공간. 어느 날

'킬링 이브'를 보며 퇴근하다가 이런 생각이 들었다.

'지금 내가 향하는 곳도 일종의 안전가옥이네.'

생각해보면, 코로나 이후 우리는 각자의 안전가옥에 숨어 지내는 중이다. 바이러스의 위험에도 불구하고 직장 때문에, 외부 활동 때문에 어쩔 수 없이 밖을 돌아다녀야 하는 사람들도, 필요한 시간을 보낸 후엔 각자의 집에 돌아와 마스크를 벗고 비로소 온전한 안전을 누린다. 아무 제약 없이 자기가 하고 싶은 일을 할 수 있는 장소는 이제 자신의 집 정도뿐이다. 바이러스의 공격으로부터 은신할 수 있는, 한 사람 한 사람의 안전가옥이다.

사람에 따라서는 안전가옥이 하나 더 있으니, 그것은 자신의 자동차 안이다. 놀랍게도, 여러분이 읽고 계시는 이 책의 절반 정도는 자동차 조수석에서 쓰였다. 차 안에서 글이 유독 잘 써진다거나 특별히 이 공간을 좋아해서가 아니라, 방법이 없어서였다. 앞선 두 권의 책, 『생각의 기쁨』과 『평소의 발견』은 주로 늦은 밤 식탁이나 카페에서 썼다. 하지만 이 책을 쓰기 시작하고 얼마 되지 않아, 카페에 앉아 글을 쓰는 일조차 불가능하게 되었다. 글은 써야겠고, 공간은 마땅치 않자 나는 자동차 안을 떠올렸다.

자동차가 작업실이 되다니. 말도 안 되는 이야기 같지만 의외로 쓸 만하다. 일단 조수석에 앉는다. 운전석은 핸들 때문에 노트북을 놓기 쉽지 않다. 그리고 뒷자리보다는 앞자리가 개방감이 있어 쾌적하다. 긍정적인 시선으로 보면 카페의 창가 자리에 앉아 있는 기분도 든다. 조수석에 앉은 뒤엔 시트를 최대한 뒤로 민다. 시중에 파는 넓적한 나무판 모양의 휴대용 책상을 구해 트렁크 안에 넣어두었다가, 필요할 때 꺼내 무릎 위에 얹고 노트북을 올린다. 차 안은 방음이 잘 되는 장소이니, 원한다면 음악을 틀어놓을 수도 있다. 지하주차장에 내려가 글을 쓰고, 필요한 분량을 완성하고, 다시 집으로 올라갈 때마다 생각한다. 세상에. 자동차가 작업실이 되다니.

우리는 언제쯤 각자의 안전가옥 밖으로 걸어 나올 수 있을까? 첩보영화를 보면, 그것은 적의 위협이 완전히 사라진 후에나 가능한 일이다. 코로나라는 적이 완전히 사라지는 날은 올까? 저명한 생태학자들의 경고에 의하면, 인류가 자연을 자꾸 침범하고 파괴하여 이윤을 얻는 형식의 삶을 포기하지 않는 한 코로나 같은 팬데믹은 형태만 바꿔 몇 년에 한 번씩 찾아올 수도 있다고 한다.

이 기회에, 인류는 지금까지의 삶의 방식을 근본적으로 점검해봐야 할 것이다. 그러나 매년 체감할 만큼 심각하게 나빠지는 지구의 기후 위기에도, 수많은 이익집단들이 다른 목소리를 내며 우왕좌왕하는 것을 보면 우리는 충분히 준비하지 못한 채 새로운 팬데믹을 맞이하게 될지도 모른다. 불행한 예측이 현실이 된다면 어떤 일이 벌어질까? 아마 각자의 안전이 보장된 공간에 대한 집착은 훨씬 더 강해질 것이다. 집. 또는 차. 또는 지금까지 태어나지 않았던, 바이러스로부터 완전히 격리될 수 있는 공간.

미래학자는 아니지만 인류학을 전공한 20년 차 직장인으로서 미래의 사무환경을 예측해본다. 재택근무는 지금보다 훨씬 더 빈번해질 것이다. 그러나 얼굴을 맞대고 하는 회의가 완전히 사라질 것 같지는 않다. 창의적인 발상이 필요한 회의를 해보면, 아무리 기술이 발달해도 모니터로는 전달되지 않는 미세한 감정들이 있다. 대면회의에는, 화상회의에는 없는 분명한 장점이 있다. 내 아이디어에 사람들이 어떻게 반응하는지, 그 미묘한 온도 차를 모니터라는 필터 없이 직접 확인하는 것은 상당히 '효율'적이다(만나면 금방 끝날 회의를 화상으로 두 시간 넘게 매달려본 많은 동료들의 증언이다). 게다가 아이디어라는 친구는 대단히 연약해서, 처음부터 대단하게 태어나는 경우는 거의 없다. 누군가의 머릿속에서 떠오른 작은 불꽃이 눈 밝은 동료들의 의견들을 연료 삼아 활활 타오르곤 하는데, 이것은 지금까지의 화상회의 기술로는 쉽지가 않다. SF 영화 속 홀로그램 회의가 완벽하게 상용화되기 전까지는, 안전을 확보한 대면회의도 여전히 필요할 것이다.

기업 내의 오픈된 공간에 대한 인식도 달라질 것 같다. 코로나 이전의 화두는 단연 '연결'이었다. 연결을 통해 전에 없던 가능성이 태어난다고 봤다. 그래서 기업과 기업, 구성원과 구성원의 커넥팅을 최대화할 수 있는 오픈 스페이스를 장려했다. 오픈 오피스 스타일의 사무실. 건물에 입주한 구성원들이 자유로이 만나 왕래할 수 있는 구조의 창업지원센터 라운지. 그러나 다시 그 시절로 돌아갈 수 있을까? '연결'보다 우선순위에 있는 것은 '안전'에 대한 감정이다. 사무환경의 트렌드도 변하지 않을까? 코쿤 형태의 근무 공간이 더 늘어나지는 않을까?

이미 많은 전문가들이 예측하고 있는 것처럼, 개인의 안전이 보장된 공간에 대한 관심도 더 커질 것이다. 개인이 마음껏 '밖'에 나갈 수 없다면, '안'의 공간에 투자를 아끼지 않을 것이다. 더 넓은 집에 대한 선호. 더 머물고 싶은 공간을 위한 인테리어. 밖에서 즐기던 것들을 안으로 들여올 수 있는 모든 것에 더 많은 관심이 쏟아질 것이다. 영화를 볼 스크린이나, 음악을 제대로 들을 스피커나, 커피를 더 제대로 내릴 머신.

소비의 우선순위도 바뀔 것 같다. 쓸 수 있는 돈이 제한적이라면 더 넓은 공간을 확보하는 데 쓸 것이다. 이동의 효율보다 공간의 제공이 차의 더 중요한 선택기준이 될지 모른다. 지금도 한국 사람들은 큰 차를 선호하지만, 팬데믹 상황이 계속되면 조금 무리해서라도 가용한 자원을 더 큰 차—더 넓은 공간을 확보할 수 있는—에 쓰고 싶을 것이다. 차는 두 번째 안전가옥이 될 수 있으니까.

오래전 일본의 후쿠오카로 여행을 가서, '독서실 라멘'이라는 애칭으로 잘 알려진 '이치란'이라는 라멘 가게에 들렀다. 칸막이 독서실 같은 책상에 앉아 있으면, 책상 앞 뚫린 구멍을 통해 주문한 라멘이 나오는 구조였다. 독서실 라멘을 먹으며 나는, '어떻게 독서실처럼 칸막이를 치고 밥을 혼자 먹을 생각을 했을까? 일본 사람들은 참 신기해'라고 생각하며 수없이 많은 인증 샷을 찍었다. 벌써 10년 전의 일이다.

얼마 전 경기도 양평의 촬영장에 갔는데 꼭 독서실 라멘을 먹던 그곳처럼 식당 안에 아크릴 칸막이를 세우고, 모두가 조용히 도시락을 먹었다. 오전 촬영장에서 벌어진 시시콜콜한 일들을 동료들과 무용담처럼 이야기하며 잠시 후 이어질 오후 촬영을 준비하는 게 지금까지의 촬영장 식사 시간이었지만, 그날은 모두가 숨을 죽이고 식사를 했다. 예전엔 재밌게만 보였던 칸막이 식사가, 전혀 재밌지 않았다. 이제 모든 것의 우선순위는 안전이니까. 각자의 안전가옥 밖에서도 완벽히 안전해질 날이 오길 고대하며, 나는 그날의 도시락을 깨끗이 비웠다.

마스크

2미터. 비말의 비행거리. 그리고 인류가 최소한의 안전을 지키기 위해 고안한 사회적 거리. AI가 인간 최고의 두뇌를 이긴 시대에, 침방울의 비행거리가 문명의 새로운 기준이 되다니 허탈하고도 놀랍다. 커피숍을 가도, 투표장을 가도, 우리는 상대의 침방울이 날아와 닿지 않는 만큼 떨어져 서 있다. 바닥에 프린트된 발자국 모양에 얌전히 내 발 모양을 맞추고서.

혹시라도 바이러스가 숨어 있을지 모르는 상대방의 침방울을 막는 방법은 두 가지다. 떨어져 있거나, 애초에 튀지 않게 하거나. 다행스럽게도 우리나라 사람들은 두 가지 방법에 모두 협조적인 편이다. 한국사회에서 마스크 무용론은 코로나 초기에 잠시 고개를 들었다가 사라졌고, 덕분에 다른 나라들에 비해 우리는 코로나와 상대적으로 잘 싸우고 있는 중이다. 밥벌이를 위해 아침 지하철을 타고 출근하다 보면, 객차를 빽빽하게 채운 사람들이 모두 잠재적인 바이러스의 운반자들처럼 느껴질 때가 있다. 그럴 때마다 속으로 생각한다. 그나마 다행이구나, 마스크가 있어서. 내 입과 그의 입을 막아 그나마 우리는 일상생활을 할 수 있구나.

생각해보면 대단히 원시적인 형태의 이 흰 조각이, 인류의 생존 능력을 비약적으로 증가시키고 있다. 진화 과정에서 물속의 산소를 흡수하기 위해 태어난 아가미처럼, 마스크는 생존을 위해 변이한 별도의 신체기관처럼 느껴질 정도다. 이제는 입 주변에 마스크가 없으면 몸이 먼저 그 차이를 알아챈다. 휴일에 커피 사러 나갈 때, 마스크를 깜박하고 음식물 쓰레기를 버리러 나갈 때, 현관문을 열고 나갔다가 입 주변에 직접 바깥 공기가 닿으면 금방 어색한 기분이 든다. 하루는 마스크 없이 사람들이 가득한 엘리베이터를 탔다가 내가 마스크를 쓰지 않았다는 사실을 깨닫고는 당혹스러워 외투의 지퍼를 맨 위까지 올렸다. 마스크 없는 외출은, 속옷을 안 입고 밖을 돌아다니는 간밤의 꿈처럼 당혹스럽다.

사실상 주위의 모든 사람들이 마스크를 끼고 있으니, 전에 없던 변화들이 생기고 있다. 변화는, 생각보다 훨씬 근본적인 부분부터 시작된다. 일단, 상대의 감정을 읽는 일이 어려워졌다. 광고주와 미팅을 해보면, 우리 회사가 준비한 안을 어떻게 생각하는지를 파악하는 데 시간이 더 걸린다. 눈꼬리와 눈썹의 모양이 힌트의 전부이기 때문이다. 사람의 감정은 눈 아랫부분의 움직임에서 꽤 많이 드러나는데, 그 부분이 가려져 있으니 상대의 마음을 알기가 쉽지 않다. 입꼬리의 움직임. 벌린 입의 크기. 올라간 광대뼈 주위의 살. 상대의 마음을 읽는 일에 이렇게나 총체적인 정보들이 필요했다니, 예전엔 생각조차 못했던 일이다.

얼마 전 중요한 광고주와의 미팅에서 나는, 상대의 의견에 동의를 표하고 싶어 평소보다 훨씬 과장되게 얼굴 윗부분을 움직이고 있다는 사실을 깨달았다. 나는 일부러 고개를 더 많이 끄덕였고, 얼굴 근육을 더 크게 움직였다. 결국 상대방에게도 내 얼굴의 윗부분만 보일 테니까, 자연스럽게 체득한 코로나 시대의 의사전달법이다.

굳이 찾아보자면 마스크에도 몇 가지 장점이 있다. 팀의 김대웅 아트디렉터가 재미있는 이야기를 들려주었다. 코로나 이후 사람들이 모두 마스크를 쓰고 다니니, 출근길 사람들이 다 예쁘고 잘생겨 보인다고 했다. 그는 '스키장 효과'라는 표현을 썼는데, 슬로프 위에서 눈만 내놓고 있으면 웬만한 사람은 다 잘생겨 보이는 현상과 비슷하다고 했다. 사실 마스크를 쓰고 있으면 상대가 어떤 사람이라는 단서가 잘 드러나지 않는다. 긍정적으로 보면, 상대를 예단하지 않고 대할 수 있다. 저 사람이 어린지, 나이 들었는지, 돈이 많고 적은지를 예측할 수 있는 시각적인 정보가 내게 덜 넘어오니까, 우리는 오히려 전보다 편견 없이 상대를 대할 수 있다.

뜬금없는 이야기지만, 마스크를 낀 사람들을 보면 나는 종종 알 수 없는 동질감을 느낀다. 하는 일과 나이와 사회적 위치가 모두 달라도, 마스크를 쓰고 있다는 사실만큼은 같으니까. 비슷한 감정을 나는 훈련소에서 느껴본 적이 있다. 사회에서 뭘 하다 왔는지, 얼마나 대단한 사람인지는 모르겠지만 다 똑같은 군복에 철모를 쓰고 뙤약볕에 앉아 있다 보면 자연스럽게 전우애가 생긴다. '그래 당신도 참 고생이다.' 금방 친해지고, 금방 속을 터놓는다. 마찬가지로, 우리는 모두 느닷없이 찾아온 바이러스의 공격으로부터 일상생활을 지키기 위해 견디고 있는 것이다. 빽빽한 전철 객차 안의 마스크들을 보며 생각한다. '여기 있는 우리 모두 참 고생 많으십니다.'

코로나로 여행을 갈 수 없게 되자 여행 마니아인 아내가 생각해낸 간접 여행법이 있다. 식탁에 맥주나 와인, 안주를 잔뜩 올려놓고 아이패드로 '걸어서 세계 속으로' 같은 여행 프로그램을 본다. '일본 3대 우동을 찾아서'나 '천재들의 도시, 피렌체'를 틀어놓고 맥주를 마시면 여행 가고 싶은 마음을 조금은 달랠 수 있다. 슬프게도 영상은 모두 몇 년 전에 올라온 것들이다. 지금은 해외에 나갈 수 있는 촬영 팀이 없으니 여행 영상도 2019년 이후로는 존재하지 않는다.

얼마 전에 '헝가리 전통시장 살라미 소시지의 비법'에 대한 동영상을 보다가 재미있는 일이 있었다. 소시지 공장의 기술자가 수많은 살라미들 틈에 들어가, 자신이 이 소시지에 얼마나 심혈을 기울였는지를 설명하고 있었는데, 영상을 보던 아내는 깜짝 놀라 외쳤다. "저분 저기서 뭐 하시는 거야? 저러면 안 되는데!" 화면 속의 기술자는 마스크를 쓰지 않고 소시지들 틈에서 인터뷰를 하고 있었다. 수년 전에 찍은 콘텐츠를 보며, 우리는 행여 소시지가 오염되지는 않았을지, 소시지의 안부를 걱정하고 있었다. 우리의 위생 관념이 전보다 훨씬 엄격해진 것이다.

과거에 당연했던 것들도 하나둘 당연하지 않게 되었다. 지난 달 수백억 원이 걸린 경쟁 PT에서 프레젠테이션을 했는데, 마이크를 들고, 마스크를 쓰고 했다. 한 달을 준비한 이 중요한 결과물을 웅웅 울리는 목소리로 전달해야 한다는 사실이 속상했지만, 이제 모두의 우선순위는 전달이 아니라 안전으로 바뀐 지 오래였다. 누구도 이의를 제기하지 않았고, 모두가 경청하며 40분의 PT를 마쳤다. 예전엔 말도 안 되었을 마스크 프레젠테이션이었지만, 말하는 이가 더 또박또박 말하고, 듣는 사람도 조금 더 주의를 기울이니 불가능한 일만은 아니었다.

얼마 전, 스마트폰 속 사진들을 들여다보다가 슬픈 깨달음을 하나 얻었다. 2020년 1월을 기점으로 모든 사진 속의 인물들이 마스크를 끼고 카메라를 바라보고 있었다. 인체의 또 다른 기관처럼 얼굴에 붙어 있는 마스크, 완벽하게 벗게 되는 날은 올까. 그날이 온다면, 이 글을 다시 보며 마음껏 무용담을 나누고 싶다.

이 시절을 함께 보낸 전우들을 불러, 군대 가서 축구 했던 이야기를 하듯, 이렇게.

"내가 말이야. 수백억 피티를 마스크를 끼고 한 사람이야."

또는 세월이 흐른 뒤에 이렇게.

"아가야. 옛날엔 눈 두 개 코 하나 입 하나에, 마스크라는 물건이 하나 더 달려 있었단다."

부디, 어서 그날이 왔으면.

2부

그럼에도 불구하고
어떤 것들은 변치 않을까?

찰흙

유치원 미술 시간의 준비물은 찰흙이었다. 길다면 긴 5년 남짓한 인생을 산 당시의 나였지만 '찰흙'이란 두 글자는 너무나 디테일한 단어였던 것이다. 흙이면 흙이고, 모래면 모래이지 찰흙은 또 뭐람. 그러나 이럴 때 나를 구원하라고 있는 것이 엄마이니, 나는 "엄마, 내일 미술 시간에 찰흙 가져오래"라는 말로 모든 책임과 의무를 엄마에게 넘겨드리고 신나게 놀았을 것으로 추측된다. 다섯 살짜리 어린이에게 오늘 내 앞에 펼쳐진 무수한 놀잇감을 두고 내일의 준비물에 신경 쓰라는 말은, 익어가는 꽃등심 앞에서 양송이버섯의 익힘 따위에 집중하라는 말처럼 들리지 않겠는가. 다시 말해, 애초에 글러먹은 임무 아니겠는가.

다음 날 미술 시간, 나는 어떤 의심도 없이 엄마가 가방에 고이 넣어준 찰흙을 꺼내게 된다. "자 찰흙을 꺼내볼까요" 라는 선생님의 말씀에 친구들도 일제히 가방에서 준비물을 꺼내 책상 위로 올려놓는 중이었다. 그러나 5년 남짓한 인생을 산 어린 마음에도 알 수 있었다.

'이건 뭔가 잘못되어가고 있다.'

엄마가 고이 싸준 검은 비닐봉지 속 찰흙은, 정말로 거친 야생의 흙이었다. 당시 나는 집 앞에 호박밭이 펼쳐진 단독주택에 살고 있었는데, 정황상 이 찰흙은 그 밭의 언저리에서 채취한 것임을 5년 남짓한 인생의 경험으로도 알 수 있었다. 그것은 분명 찰흙이라 부를 만한 성분이 섞여는 있었으나, 순순히 그 덩어리를 찰흙이라 부르기에는 중간중간 작은 돌멩이들이 좀 많이 들어 있는 묘한 물체였다. 당황한 마음에 주위를 둘러보니, 내 주위 어린이들은 약속이나 한 듯 네모반듯하게 투명 비닐에 싸인 된장색 문구용 찰흙을 꺼내는 중이었다. 나는 생전 처음 보는 매끈하고 세련된 된장빛 재료들과 까만 비닐봉지에 싸인 내 찰흙의 격차를 금세 파악해버리고는, 그 즉시 현실을 부인하기 위해 울음을 터뜨렸다. 사실, 이

후에 벌어진 일들은 타버린 사진 사이로 남아 있는 조각들처럼 기억된다. 웃는 선생님과 다가오는 친구들과 달아오르기 시작하는 나의 얼굴.

오히려 선명한 것은 집에 가서 울던 장면이다. 미술 시간에 완전 연소하지 못한 나의 슬픔을 나는 집에서 터뜨리는 중이었는데, 엄마한테 울며 신경질을 내던 나를 보며 엄마는 어쩔 줄 몰라 하셨으나, 가끔씩 피식피식 웃으셨던 걸로 기억한다. 나는 그 웃는 모습이 못마땅하여 더 세고 격렬하게 화를 냈는데, 다섯 살 어린이의 기억에 영원히 새겨진 찰흙 사건은 그후로도 꽤 오랫동안 부모를 향한 원망의 어떤 원형으로 남아 있었다. 아니, 부모가 어떻게 이 쉬운 준비 하나를 못해서 어린이의 가슴에 상처를 줘. 선생님과 친구들이 다 나를 보며 웃었는데. 세상에 어떻게 이런 부모가 있어. 어린이는 미래의 기둥인데.

하지만 요즘은 그날의 일을 떠올릴 때마다 그때와는 완연히 다른 기분을 느끼곤 한다. 그 장면이 사랑스러워 미소를 짓고, 가끔은 가슴 한구석이 아릿한 느낌을 받는다. 지금 따져보니 서른이 살짝 넘었을 그날의 엄마는, 첫아이의 유치원 준비물을 위해 알 수 없는 도구와 비닐봉지를 들고 야밤에 흙을 뒤적였을 것이다. 본인이 봐도 '꽤 찰흙 같은' 지층을 발견하고 신이 나셨을 것이다. 다른 아이들은 다 번듯한 찰흙을 가져왔다는 사실을 전해 듣고 미안해하면서도, 본인의 어이없는 실수에 헛웃음이 났을 것이다. 아이의 우는 모습이 귀여워 다시 웃었을 것이다. (이것은 인간의 본능인지 나만 그런 건지 모르겠으나, 나는 아들 재이가 우는 모습을 보면 너무 귀여워 몰래 사진을 찍어 보관하곤 한다.) 찰흙을 준비해오라는 말을 전해 듣던 날의 엄마는, 찰흙을 문방구에서 판다는 사실을 전혀 알지 못했던 어린 어른이었던 것이다. 학부모로 가는 길의 초입에 서 있던 엄마는—어린 내가 눈치채지 못했을 뿐—얼마나 많은 시행착오를 겪고, 또 의연한 척했을까. 아이의 무탈한 유년기를 위해 나의 부모님은 얼마나 자주, 자신의 젊음을 갈아넣었을까.

오늘의 나는, 그날의 나보다 세 살 많은 아들의 손을 잡고 오랜만에 학교까지 데려다주었다. '오늘'과 '그날' 사이에 세상은 말도 안 되게 바뀌어서, 이제는 초등학교 앞에서 문방구를 찾기도 전처럼 쉽지 않다. 사실 이제는 그런 말도 안 되는 실수를 하기조차 쉽지 않겠다는 생각도 드는데, 인터넷 커뮤니티든 단톡방을 통해서든 예전보다는 정보를 얻고 도움을 요청하기가 훨씬 수월해졌기 때문이다.

하지만 '요즘 것들은 버릇없다'는 말이 고대 이집트 시대의 피라미드에도 적혀 있다는 사실이 말해주듯이, 시대는 변해도 인간의 본성은 그리 쉽게 변하지 않을 것이다. 시대의 변화와 사람의 마음이 움직이는 방식을 깊숙이 이해해야 하는 일이 직업인지라, 가끔 세상이 변하는 속도를 들여다보다가 현기증이 날 때가 있는데, 이때 나는 가끔씩 물리학자 리처드 파인만의 문장을 떠올린다.

'현상은 복잡하다. 법칙은 단순하다.'

달력의 숫자들이 바뀐다고 달라질까. 사람이 사랑을 하고, 아이가 세상을 만나고, 부모는 아이라는 새로운 세상을 만나 벅차지만 버거운 하루를 보내야 하는 일들이. 우리의 일상은 변하겠지만, 본질은 변하지 않을 것이다. 오늘의 부모들은 오늘의 방식으로 실수하고, 고민하고, 극복할 방법을 찾고 있을 것이다. 각자의 '찰흙'을 겪으면서 부모는 부모로 자라고, 아이는 세상과 만날 것이다.

달력의 숫자들이 바뀐다고 달라질까.

사람이 사랑을 하고, 아이가 세상을 만나고,

부모는 아이라는 새로운 세상을 만나

벅차지만 버거운 하루를 보내야 하는 일들이.

우리의 일상은 변하겠지만,

본질은 변하지 않을 것이다.

다만 두려운 것은 내 아이가 겪고 있는 근본적인 변화다. 초등학교 3학년. 세상의 중심이 온통 부모였다가, 이제 '친구'라는 새로운 세계에 흠뻑 빠진 아이에게 학교를 갈 수 없는 현실은 받아들이기 쉽지 않아 보인다. 이 글을 쓰는 지금도 코로나 감염자수는 희망과 절망 사이를 왔다 갔다 하는 중인데, 아이는 정부의 방침에 따라 일주일에 세 번 학교를 갔다가 다시 몇 주간 종일 집에 갇혀 지내는 일상을 코로나가 찾아온 기간 내내 견뎌냈다. 작년 가을, 모두의 힘으로 코로나의 기세가 수그러들어 일주일에 두 번 학교를 가게 된 날 아침, 아내의 증언에 따르면 아이는 기쁨에 겨워 집에서 교문 앞까지 잠시도 쉬지 않고 본인이 직접 작사 작곡한 등교송을 흥얼거리며 걸어갔다고 했다. '학교에 다녀왔다'고 싱글벙글 하는 아이를 보며, 수천 년 동안 변치 않던 인간의 본성을, 부디 이 질병이 바꾸는 일은 없기를 기도해본다. 글과 사진으로는 배울 수 없는, 오직 사람에서 사람으로 전해지는 저 미묘한 감정과 감각과 동지애와 동시대성을, 내 아이도 흠뻑 느끼며 자랄 수 있기를 기도해본다.

90년생

코로나. 인류의 역사를 통틀어 하나의 단어가 이토록 모두를 압도한 적이 있었나. 아침에 일어나면 마스크를 쓰고, 잠들기 전 감염자수를 확인하는 우리의 머릿속은 온통 한 질병의 이름으로 가득하다. 그러나 시계를 조금만 앞으로 돌려 2019년 후반, 코로나가 등장하기 전 우리 사회의 관심은 어느 한 세대에 집중되어 있었다. 90년대생. 밀레니얼 세대. 또는 MZ세대.

2020년 초였다. 집 근처 대형 서점에 갔는데, 입구부터 온통 세대론에 관한 책들로 뒤덮여 있었다. 책들은 벽지의 패턴처럼 비슷한 제목을 달고 서점의 중요한 길목마다 포진해 있었다. 밀레니얼과는 어떻게 일해야 하는지. 밀레니얼의 무엇을 건드리면 큰일 나는지. 밀레니얼들에게 물건을 팔려면 어떻게 해야 하는지. 90년생이 오는데 지금 이러고 있으면 안 되는데 당신은 한가하게 뭘 하고 있는지. 제목들은 조금씩 달랐지만 그 책들은 공통적으로, 새로운 인류가 도래했으며 그들을 이해하지 못하는 이들은 금세 꼰대가 되니 어서 이 책을 읽으라고 외치는 중이었다.

두려움에 떨던 나는 내가 꼰대인지 점검하기 위해 당시 최고의 베스트셀러를 집어 읽기 시작했다. 책 속에는 분명, 밀레니얼 세대에 대한 이해를 돕는 지점들이 있었다. 태어나 단 한 번도 인터넷이 없던 순간을 경험해본 적이 없는 '디지털 네이티브'들이니, 나와는 사고방식도 판단기준도 다른 것이 당연했다. 예전에 강릉으로 워크숍을 가려고 KTX를 탔는데, 내 자리 앞 대각선 방향에 앉은 초등학교 고학년쯤 되는 여자아이가 서울역에서 강릉역까지 가는 내내 스마트폰을 만지고 있길래 궁금해서 대체 무얼 하나 관찰해본 적이 있다. 아이는 미리 찍어둔 영상 가운데 슬라임을 만드는 동영상 클립을 앉은 자리에서 스마트폰을 이용해서 편집하고, 자막을 넣고, 유튜브에 올렸다. 나에게는 꽤 많은 시간과 노력이 필요한 일을 저렇게 아무렇지 않게 해내다니. 디지털 네이티브라더니 다르긴 다르네.

그러나 그 다름을 인정하는 와중에도, 나는 그 압도적인 세대론이 불편했다. 인구통계학적으로 특정 연도에 태어났다는 이유로 이들 집단은 나의 집단—이라고 인구통계학이 정해준—과 그토록 결정적인 차이가 있는가. 밀레니얼들에 대한 책들을 보면 나는 가끔, 지구인이 외계인 보듯 써내려간 듯한 느낌을 받는다. 애초에 다른 집단이라는 것을 전제로, 무엇이 다른지에만 집요하게 확대경을 댄 것 같다.

나 또한 사회에서 만나본 밀레니얼들이 매우 개인적이고 합리적인 판단을 좋아한다고 느끼긴 했다. 하지만 따지고 보면 90년생이 아닌 세대들도 요즘은 전보다 훨씬 개인적이지 않나? 이것이 단지 특정 세대의 특징일까? 부조리를 참고, 권위에 복종하고, 인생에 단 하나의 답이 있다고 믿는 삶의 방식. 기성세대들 사이에서도 전보다 확실히 줄어들지 않았나.

세대론을 이렇듯 삐딱하게 보는 이유는, 나 또한 꼰대로 불리기 딱 좋은 나이의 기성세대이면서도 꾸준히 20대들을 만나고 있기 때문이다. 나는 광고인을 꿈꾸는 대학생들을 위해 광고회사에서 운영하는 재능기부 활동인 'TBWA 주니어보드'에 10년째 멘토로 활동하고 있다. 이 글을 쓰겠다고 10년 동안 만난 친구들을 '인구통계학적'으로 분석해보니 1986년생부터 2000년생까지 고르게 분포되어 있다. 멘토와 멘티로 만나는 시점에서는 다들 대학생들이었으니, 나는 꾸준히 20대들과 좋아하는 것, 크리에이티브하다고 생각하는 것에 대해 이야기해온 셈인데, 그 10년의 기간 동안 단 한 번도 이 친구들을 다른 별에서 온 사람들이라고 생각해본 적이 없다.

내가 특별한 사람인 걸까? 그럴 리 없다. 돌아보면 내가 선배랍시고 후배들에게 했던 수많은 조언들이 어떤 면에서는 얼마나 꼰대스러웠는지, 이제야 조금 알 것 같다. 하지만 그들이 나를 참고 견뎌줬던 이유는, 우리 사이에 공통의 관심사가 있었기 때문일 것이다. 어떻게 하면 좋은 문장을 쓸 수 있는지, 어떻게 하면 꾸준히 좋은 생각을 할 수 있는지, 우리가 좋아하는 일을 어떻게 더 잘할 수 있는지에 대한 비슷한 고민들.

오히려, 동년배라도 세계관이 다르면 격렬하게 부딪치지 않나? 아니, 애초에 말을 안 섞지 않나? 대부분의 세대 차를 만드는 건 물리적인 나이가 아니라 세계관과 취향이다. 한 어느 세대를 막론하고, 멋진 건 멋지고, 구린 건 구리다.

구린 권위에 기대지 말고, 꾸준히 멋진 판단을 보여준다면,

밀레니얼이든, 밀레니얼의 손자 손녀든,

금세 당신과 친해질 것이다.

세대가 균질한 어떤 특징이 있다는 생각은, "남자는 운동을 잘하고 여자는 요리를 잘해요" 같은 말처럼 들린다. 90년대생에 대한 책을 보면 어떤 느낌이 드느냐고 90년대생들에게 물어보니, 그들도 비슷한 대답을 들려주었다. "아, 90년대생만 빼고 다 읽는다는 90년대생에 관한 책이요? 책 한 권으로 복잡 미묘한 우리를 이해할 수 있을까요?" 어쩌면 우리는, 쉽게 세상을 이해하기 위해 세대론이라는 틀을 짜고 그 안에 사람들을 구겨 넣고 있지는 않는가.

10년의 세월 동안 밀레니얼들을 만나며 느낀 건 '공포'보다 '안도'였다. 관심사와 취향, 세계관이 비슷한 사람들끼리는 생각보다 훨씬 빨리 말이 통했다. 좋아하는 것이 같고 달성하고자 하는 목표가 같은 이들과는, 나이 차 따위는 별로 중요하지 않아 보였다. 나는 카피라이터를 꿈꾸는 후배들과 만나 점심 먹으며 이야기를 나눌 때가 많은데, 화제가 '요즘 어떤 책을 읽었는지'로만 이어져도 한 시간은 금방 지나가버린다. 내가 좋아하는 작가의 글을 후배가 아직 읽어보지 못했다면, 그 작가의 매력에 대해 얘기하느라고 한참. 이번엔 후배가 좋아하는 글에 대해 듣다가 이런 포인트가 있었네 신기해서 한참. 요즘 나온 좋은 광고에 대해 이야기하다가 광고계

이야기로 빠져서 또 한참. 예전에 아무리 친했던 사람도 일단 서로 전혀 다른 길을 걷게 된 뒤로는, 오랜만에 만나도—과거에 친했던 시절 이야기가 끝나면—금방 화제가 떨어져버려 당혹스러울 때가 있는데.

생각을 조금 확장해보면? 앞으로 더 중요한 건 공통의 취향과 관심사 아닐까? 혈연, 지연, 학연의 힘은 현저하게 약해지지 않을까? 학교가 모든 걸 보장하는 시대는 점점 끝나가고 있다. 그러니 '학연'에 매달리는 이들도 줄어들 것이다. 인터넷으로 모든 것이 긴밀하게 연결되는 시절이니, 물리적으로 가까운 이들에게 이해관계가 생기는 '지연'도 조금 희미해질 것이다. 같은 학교를 나와서, 같은 고향에 살아서가 아니라 같은 생각이라서, 같은 목표를 추구해서 만나는 이들. 궁극의 커피를 만들고 싶어서, 아름다운 문장을 쓰는 감정을 공유하고 싶어서, 달리는 순간의 희열이 너무 좋아서 모이는 이들. 앞으로 우리는 이런 사람들과 훨씬 밀도 높은 시간을 보내지 않을까. 그리고 적어도 이 집단 안에서는, 세대론이란 무의미하지 않을까.

새로운 세대와 어떻게 만나야 하나 겁이 나서 그들을 책으로 '공부'하고 있는 기성세대 여러분, 세대론은 그냥 참고

만 하길 빈다. 어느 세대를 막론하고, 멋진 건 멋지고, 구린 건 구리다. 구린 권위에 기대지 말고, 꾸준히 멋진 판단을 보여준다면, 밀레니얼이든, 밀레니얼의 손자 손녀든, 금세 당신과 친해질 것이다. 그리고 제발 "돌아가면서 한마디씩 해볼까?" 같은 방식은 쓰지 않길 바란다. 진심은 굉장히 예민해서, 권위의 '권'자만 보여도 금방 어딘가로 숨어버리니까.

가훈

기억을 디듬어보면 내 어릴 적 학교에선 지금으로선 상상도 할 수 없는 일들이 벌어졌다. 초등학교가 국민학교로 불리던 시절, 새 학년이 시작되면 선생님이 아이들을 모두 앉혀놓고 공개적으로 가정환경 조사라는 것을 했다. 아빠가 대졸인 사람 손 들어. 고졸인 사람 손 들어. 중졸은? 그럼 엄마는? 자, 다음. 집에 자동차 있는 사람 손 들어. 모두가 보는 앞에서, 누구는 의기양양하게 손을 들고, 누구는 이제 세상을 향해 막 뻗어가기 시작한 조막만 한 손을, 누가 볼세라 얼른 들었다 내렸다. 이 놀랍도록 폭력적인 방식을 어린 나는 당연한 줄 알고 자랐다. 대체, 아이를 가르치는 것과 부모의 최종 학력과 재산이 무슨 상관이 있단 말인가.

그러던 어느 날 선생님은 어린이들에게 또 다른 숙제를 주셨다. 다행히 그 숙제는, 가정환경 조사처럼 야만적인 것은 아니었다. 오늘 집에 가서 각자의 가훈을 알아오라는 것. 가훈이라는 단어조차 생소했던 어린 나는, 그것이 집집마다 숨겨진 대단한 보물들을 찾아오라는 말처럼 들려 가슴이 두근거렸다. 모르는 일이지 않는가. 부러진 칼을 가져온 아이(유리왕)에게 슬그머니 칼의 나머지 조각을 꺼내 아들임을 확인시켜준 고구려의 시조 주몽처럼, 가훈을 묻는 아들에게 깜짝 놀랄 만한 무언가를 보여주실지. 모르지 않는가. '아들아, 사실 이 순간을 오래전부터 기다려왔다. 먹을 갈아라. 이제부터 가훈을 불러주겠다.' 친구들 앞에서 으쓱해질 수 있는 놀라운 문장을 불러주실지.

그날 나는 아버지가 퇴근하시기를 기다려 가훈을 물었다. "뭐? 가훈?" 어린 나의 기억으로 아버지는, 바로 대답을 하지 못하신 채 시간을 끌었다. 하긴, 나라도 갑자기 아들이 우리 집 가훈을 물으면 당황하지 않겠는가. 아마도 다음 날 아침, 아버지는 출근하면서 가훈을 이야기하셨다.

"우리 집 가훈은 '성실'과 '최선'이야."

성실? 최선? 아마도 나는 뭔가 더 멋지고 그럴듯한 문장을 기대했었나 보다. 성실과 최선. 가훈을 적어가면서 나는 '뭐가 이렇게 시시해'라고 생각했다. 그날 우리 집 가훈을 학교에서 어떻게 발표했었는지는 기억이 나지 않는다. 그저 친구들 앞에서 얼마나 멋진 가훈을 발표할지에만 정신이 팔렸던 어린아이가 느꼈던 약간의 실망감만 기억에 남아 있다.

그리고 시간은 흘러, 나도 아빠가 되었다. 아들 재이가 나에게 가훈을 묻는 일은 아직 일어나지 않았다. 아이를 기를수록 느끼는 건, 부모도 그저 몇십 년 더 나이 든 똑같은 사람일 뿐이라는 것이다. 부모도, 부모가 처음이니까. 아이를 어떻게 대해야 할지가 막막한 순간이 오면, 어릴 적 나의 부모가 어떻게 나를 길렀는지를 계속 떠올리게 되는데, 그러다 까맣게 잊고 있었던 가훈이 떠올랐다. '아, 맞다. 우리 집 가훈이 성실과 최선이었지.' 그리고 나는 몇 번이고 가훈을 곱씹게 되었다. '성실'과 '최선', 그 평범하고도 평범한 두 단어에 대하여. 그런데 성실과 최선이라니,

생각할수록 멋진 가훈이네.

카피라이터로 20년 정도 카피를 써오면서, 이 바다의 무

수한 고수들을 만났다. 직접 만났고, 배우기도 했고, 어깨너머 보기도 했다. 그럴 때마다 나는 내 능력의 조그마함을 느끼고, 속이 새까맣게 타고는 했다. 신입사원일 때는 회의실에서 만나는 거의 모든 선배들이 내 카피의 한계점을 선명하게 느끼게 해주었다. 좌절한 내 앞에서 그들은 내가 카피를 적어놓은 A4 용지를 들여다보고는, 그 안에 손톱만큼 들어 있는 장점을 애써 찾아내어 칭찬해주었다. 칭찬의 말을 듣는 순간은 언뜻 달콤했지만, 그 뒤에 담긴 마음이 다르다는 것 정도는 직장생활 1년 차도 알 수 있었다. 그들의 선한 표정 뒤에는 이런 이야기가 숨어 있었다.

'고생했네. 그래도 써먹을 아이디어는 없네.'

나보다 몇 년 먼저 광고일을 시작한 디자이너 선배의 카피가 카피라이터인 나의 것보다 훨씬 낫다는 것을 깨달은 날은, 집에 돌아가는 길에 캔 맥주를 샀다. 나는 조금씩 조금씩 더 잘 쓰게 되었지만, 내가 원하는 만큼 빨리 카피가 늘지 않았다. 누가 가르쳐주지 않아도, 본능적으로 알 수 있었다. 나는 '천재'과는 아니구나.

다급해진 나는 뭐라도 하고 싶었다. 고백하자면, 두 번째 회사에서 팀장님이, "한번 써봤어"라며 내려놓은 카피 시트를 회의가 끝나고는 따로 챙겨서 서랍 속에 넣어두었다. 선배들이 회의 시간에 내놓은 멋진 카피들을 몰래 받아 적어 보관했다. 회사 밖에 있던, 업계의 별들이 쓴 카피를 구해서 필사해 보았다. 동경하는 크리에이터의 팀에서 나온 거의 모든 카피를 타이핑해서 따로 만든 폴더에 보관해두었다. 생각해보면 지금 그나마 밥값을 하는 카피를 쓸 수 있는 힘은 초반 7~8년의 간절한 집중 덕이었다.

재능에 의심이 들자 나는 '성실'의 길을 택했나 보다. 성실은 폼 나지 않았지만, 천재가 아닌 사람에게도 희망을 주었다. 제 밥그릇 챙기기 바빴던 시절을 지나, 조금씩 내 역할을 하는 시기가 되자 비로소 주위를 돌아볼 여유가 생겼다. 선배들이 어떻게 저 경지에 올랐는지를 나는 알 수 없었지만, 후배들이 느는 모습은 관찰할 수 있었다. 잘하는 후배들, 평판이 좋은 후배들이 뭐가 다른가를 들여다보면, 여지없이 '성실'과 '최선'의 시간이 있었다. 그 시간을 선배들 눈에 띄는 곳에서 보내느냐, 남이 안 보는 곳에서 보내느냐의 차이만 있을 뿐.

가끔씩 천재적인 재능이 드러나는 동료들도 있었다. 그

러나 오직 재능만으로 잘 쓰는 이를 나는 보지 못했다. 그들은 남 모르는 곳에서 '성실'하게 '최선'을 다해 쓰고, 더 잘하고 싶어 이를 갈고, 또 쓰고, 남들이 볼 수 없는 자기 노트에 멍청한 카피를 쓰고는, 회의실에는 가장 정돈된 생각과 카피만을 들고 나타났던 것이다. 매번 이런 대사와 함께. "시간이 없어서 많이 생각은 못했어요."

재능은 신이 주신 최고의 선물이지만, 오직 재능만으로 최고의 자리에 오르는 사람은 없다. 이런 단언하는 말투의 문장을 나는 꼰대스러워서 싫어하지만, 적어도 내가 아는 사람들 중에는 정말로 없다. 일을 하면 할수록, 가장 단순한 행위의 가장 강력한 힘에 대해 생각한다. 성실과 최선, 이 투박하고 멋없는 단어 속에 온갖 가능성의 씨앗이 숨어 있다는 생각을 한다. 아무리 생각해도 능력은 재능 곱하기 투입한 시간이다. 아니, 투입한 시간의 제곱이다. 시간의 힘은 그렇게 강력하고, 그것을 이루는 본질은 결국 성실과 최선, 그 소박한 두 단어다. 영화 '인터스텔라'의 한 장면처럼 과거로 돌아가, '성실과 최선'이란 가훈을 듣고는 실망한 표정으로 학교에 가는 여덟 살의 나를 만나면 꼭 말해주고 싶다.

"그거 그렇게 시시한 단어 아냐. 그리고 이건 너랑 나랑만 아는 비밀인데, 앞으로 너는 그 단어들의 힘에 기대어 살게 된단다."

종이책

누가 뭐래도, 유튜브의 시대다. 요즘 10대들은 검색을 네이버에서 하지 않고 유튜브에서 한다고 한다. 이케아 같은 곳에서 산 가구를 조립할 때, 나 같은 사람은 종이 설명서를 펼치고 바로 연구에 들어가지만 요즘의 20대들은 그 제품의 유튜브 조립 동영상을 켜고 따라 한다는 이야기도 들었다. 지하철에서 어르신들이 스마트폰을 쓰고 계시면, 이분들에게는 어떤 방법으로 메시지를 전하는 게 유리할까 하는 지극히 광고인스러운 호기심으로 관찰해보곤 하는데, 예전에는 주로 카톡창이 그분들이 보고 계시는 화면이었다면 이제는 월등한 비율로 유튜브 화면일 때가 많아 적잖이 놀라고 있다. 요즘은 광고 캠페인을 짤 때도 유튜브와 인스타그램을 중심 채널로 활용할 때가 많다. 인스타그램의 사용자가 주로 20~30대에 몰려 있다면, 유튜브는 정말 광범위하다는 느낌이다. 지하철에서 유튜브를 보는 어르신이 많이 보이는 현상과도 아마 닿아 있을 것이라 생각한다.

그야말로 유튜브의 시대다. 그래서일까. 요즘 툭하면 이런 소리가 들린다.

'우리 유튜브나 할래?'

'누구는 벌써 유튜브 시작했대'

'뭐 좋은 아이템 없어?'

'자기는 책을 쓰니까 '북튜버' 되는 건 어때?'

코로나로 우리가 믿고 있는 많은 것들이 흔들리고 있는 요즘, 사람들은 자신이 하고 있는 일을 언제까지 할 수 있을지, 그리고 자신이 딛고 있는 회사라는 땅이 얼마나 단단한지에 대한 근본적인 질문을 던지는 중으로 보인다. 그리고 아이템만 좋으면 누구나 큰돈을 벌 수 있을 것처럼 여겨지는 유튜브를 일종의 비상구처럼 바라보는 것 같다. 연예인처럼, 운동선수처럼 초등학생들의 꿈이 되어버린 유튜버.

유튜브를 삐딱하게 바라보면 대책 없는 시간흡수기이

다. 하지만 잘만 활용하면 그야말로 무궁무진한 자료들의 바다이기도 하다. 나는 유튜브에 필요 이상으로 내 시간을 뺏기지 않겠다고 다짐하는 축의 사람이지만, 유튜브를 뒤져보다 보면 이렇게 양질의 자료를 공짜로 봐도 되나 싶은 때도 많다. 얼마 전 카이스트의 교수님에게서 재미있는 이야기를 들었다.

"우리나라에서 미적분 제일 잘 가르치는 교수님이 어느 대학에 있을까요? 유튜브에 있습니다. 코로나 때문에 강의가 전부 비대면으로 바뀔 때, 저도 최선을 다해서 오프라인에서 하던 강의 내용을 온라인화했는데, 유튜브를 뒤져보니까 그 주제를 저보다 훨씬 잘 가르치는 사람이 벌써 거기 있더군요."

한국 최고의 대학에서 대학생들을 가르치는 교수님도 위기감을 느낄 정도라니, 이제는 유튜브를 활용한 비대면 강의가 개인의 지적 성장에도 점점 더 중요한 역할을 할 것 같다. 오프라인에서 배우는 방식에 비해 접근성이 비교도 안 되게 좋고, 비용도 사실상 무료인 유튜브. 유튜브의 시대에, 가장 전통적인 형태의 지식전달 매체인 종이책은 살아남을 수 있을까?

책을 사랑하는 사람으로서, 어쩌면 책이 사라질지도 모른다는 생각은 늘 가슴을 서늘하게 한다. 지하철을 탔을 때, 단 한 명의 예외도 없이 전부 스마트폰을 보고 있는 광경을 보고 있노라면 책의 종말을 향한 카운트다운은 이미 시작된 것도 같다. '즉각적인 자극과 매력'이라는 관점에서 보면, 책과 유튜브의 싸움의 결과는 책의 백전백패로 끝날 것이 뻔해 보인다. 유튜브에게는 알고리즘이라는 절대반지가 있으니까. 한번 끼면, 초인적인 의지가 아니면 뺄 수 없는 영화 '반지의 제왕' 속 절대반지처럼, 유튜브도 일단 재생을 시작하면, 내 힘으로 끊기가 쉽지 않다. 아이디어 회의에 쓸 소재를 찾으려고 새벽에 출근해서 유튜브를 켰다가, 회의 시간 직전에 피눈물을 흘리는 팀 후배들을 얼마나 많이 보아왔는지.

게다가 유튜브는 지식을 '요리'해서 숟가락으로 '떠먹여주는' 형태이다. 기존의 지식을 크리에이터가 나름대로 소화하여 알기 쉬운 단어와 비주얼로 풀어놓은 경우가 많아, 어려운 문자들이 나열된 책에 비해 상대적으로 직관적이고 이해가 쉽다. 요즘 유튜브의 동영상을 보면 말과 말 사이의 빈 공간을 아예 없애고 편집하는 경우가 많은데, 이것은 달리 말하면 유튜브의 사용자들은 잠시 동안의 공백을 견디지 못한다는 뜻이기도 하다. 후배들의 이야기를 들어보면 재생 속도를 1.5배속 정도로 해놓고 다음 동영상, 또 다음 동영상을 보는 경우도 흔하다고 한다. 그래야 낭비되는 시간을 줄일 수 있으니까. 유튜브는 음미보다는 효율에 최적화된 미디어로 보인다. 미시적으로는 유튜브, 거시적으로는 궁극의 시간흡수기 스마트폰의 공격 앞에서 종이책은 살아남을 수 있을까?

대단하진 않지만, 이미 두 권의 책을 쓴 작가이기도 한 나는 늘 종이책의 미래에 노심초사했다. 그러다 tvN에서 '책의 운명'이라는 다큐멘터리를 굉장히 흥미롭게 지켜보았다. 김영하 작가가 내레이터로 등장하여 한국의 데이터 전문가와 유럽의 석학들을 만나 다양한 각도에서 책의 미래를 조망해주었는데, 내용을 거칠게 정리해보면 이렇다. '책은 지면이라는 물리적인 형태에서 벗어나 오디오북, 챗북, 라이브북 등의 다양한 형태로 변하겠지만, 종이책이라는 일종의 원형질은 사라지지 않을 것이다.' 인상적인 다큐멘터리 속에서 가장 인상 깊었던 부분은 독일 구텐베르크 대학교 도서학과 크리스토퍼 블래시 교수의 인터뷰였다.

"기본적으로 종이책을 읽는 것은 (슬로 문화를 누리기 위해) 감속하는 것입니다."

'스피드 업' 시대에 '슬로 다운'이라니. 그것이 책의 본질이자 매력이라니. 늘 머릿속을 맴돌았지만 스스로 꿰지 못했던 생각을 정리해주는 문장이었다. 가장 효율적으로 메시지를 전달하기 위해 심지어 말과 말 사이의 빈 공간까지 제거하는 유튜브에 '나의 속도'는 없다. 나는 유튜브가 정해준 속도에 맞춰 콘텐츠를 즐기다가 유튜브가 제안하는 다음 콘텐츠에 이내 빠져든다. 물론 그 안에서 훌륭한 정보나 인사이트를 만나면 재생 바를 멈추고 메모를 하기도 하지만, 동영상 좀 봐온 당신은 알 것이다. 이것이 말처럼 쉽지는 않다. 유튜브는 기본적으로 주입이다. 아주 매력적인 주입이지만.

하지만 책은 말하자면 '대화'이다. 책의 속도는, 읽는 이가 맞춘다. 당신이 책을 읽는 순간을 한번 상상해보라. 당신은 당신의 속도로 책을 읽다가, 생각에 잠기고, 원하는 만큼 멈추고, 줄을 긋거나 책 귀퉁이를 접는다. 텍스트 속에는 분명 작가의 생각이 들어 있지만, 당신은 그 문장 안으로 들어가 그것이 당신에게 어떤 의미인지를 곱씹는다. 그러다가 다음 줄을 읽을 준비가 되면 비로소 다음 장으로 향한다. 독서는 유튜브에 비해 훨씬 더 주체적인 행위이다. 그 속도는 온전히 내가 정한 속도이다.

책의 매력은 본질적으로 '대화'이다. 당신이 선택한 작가와의 대화이다. 당신이 유병욱 작가의 『없던 오늘』을 읽고 있다면, 당신은 이 책을 쓰기 위해 2020년 여름부터 10개월 정도를 회사에서 일하는 시간을 제외한 모든 시간 동안 최선을 다해 정제한 작가의 생각과 마주앉아, 마음에 드는 문장에 머물고, 동의할 수 없는 문장들을 골라내며 작가와, 그리고 스스로와 대화를 나누고 있는 것이다. 긴 인생을 살아본 것은 아니지만, 주입된 지식의 유효기간은 늘 짧았다. 스스로 곱씹고 숙성시켜본 생각은 늘 훨씬 더 큰 기쁨과 결실을 가져다주었다. 매번 책을 낼 때마다 비슷한 소리를 해서 독자 여러분들은 지겹겠지만, 내가 인생의 진리 중 하나라고 완강하게 믿고 있는 것이 있다.

'쉽게 얻은 것은 쉽게 사라진다.'

게다가 책과의 대화에는 몇 가지 공감각적인 옵션이 있다. 책장을 넘기는 소리. 새 책의 냄새. 휴가지에 가져가서 종이책을 열 때의 설렘. 별 좋은 카페에서 좋은 커피를 옆에 두고 넘기는 책장의 소리. 책에 어른거리는 그 계절의 빛과 그림자. 바람이 넘기는 책장과 그걸 막기 위해 올려놓은 어떤 물건. 센스 있는 카페 주인장이 틀어놓은 처음 들어보는 음악. 실수로 떨어뜨린 커피 자국. 그리고 몇 년 후 그 커피 자국을 보고 떠오르는 그날의 기억.

e북으로 갈아타겠다고 몇 번 시도했다가 실패했던 이유도, 종이책이 주는 공감각적인 즐거움을 내가 쉽게 포기하지 못했기 때문이다. (물론 이것은 옳고 그름이 아니라 개인의 취향 문제다.) 사놓고 읽지 않은 책들은 내 책상 위에 누워 내 눈이 닿을 때마다 눈을 흘기는 것만 같다. 그것은 e북이나 유튜브는 할 수 없는 일이다. 나이를 먹을수록 회사에서 외로워지기가 쉬운데, 새로 산 책은 지나가던 후배들이 말이라도 한번 걸어줄 구실도 된다. "와. 그 책 어때요?" "무슨 그런 제목이 있어요?"

사놓고 안 읽으면 또 어떤가. 아름다운 책의 표지에는 인테리어 기능도 있다. 인스타그램에 읽고 있는 책의 표지를 찍어 올리면 당신은 금방 지적인 사람이 된다. 김영하 작가가 어느 프로그램에서 한 말처럼, 정 안 되면 책은 땔감으로라도 쓸 수 있다. 이것 말고도 종이책이 사랑스러운 오백마흔아홉

가지 이유가 있다. 유튜브의 시대에 굳이 책을 통해 자신과 대화 중인 당신이라면, 아마도 동의할 것이라고 생각한다.

판타스틱 듀오

오디션 프로그램을 보면 공통적으로 보이는 장면이 있다. 그것은, 놀라운 퍼포먼스를 보여주는 지원자가 나타났을 때 선배 뮤지션들이 보여주는 표정이다. 고개를 숙이고 딴짓을 하거나, 옆 심사위원과 잡담을 하고 있다가도, '어떤' 목소리가 들리면 벌어지는 일이다. 한 분야에서 내공을 쌓은 이들은 그 목소리의 차이를 알아차리고는 일제히 평소와는 조금 다른 몸짓을 보인다. 고개를 살짝 꺾거나, 몸의 방향을 틀어 지원자 쪽으로 향하는데, 다들 굉장히 행복한 표정을 짓는다는 공통점이 있다. 그 순간, 선수가 선수를 알아보는 것이다.

내가 가장 인상 깊게 본 '선배'의 표정은 '판타스틱 듀오'

라는 프로그램에서 이문세가 보여준 표정이다. 줄여서 '판듀'라고도 불리는 이 프로그램은 한국 최고의 가수가 자신의 명곡을 함께 부를 듀엣 가수를 일반인 중에서 고르고, 마지막에 그 또는 그녀와 함께 무대에 서는 형식이었다. 이미 2017년에 종영된 프로그램이지만, 유튜브에 당시의 영상을 찾으러 가 보면 몇 년이 지난 지금도 당시의 방송을 보러 들어오는 사람들이 많다.

'판타스틱 듀오'에는 레전드급이라 회자되며 아직도 사랑받는 무대가 몇 개 있는데, 그중 하나는 한국 최고의 발라드 가수 이문세가 열다섯 살 중학생이던 김윤희와 만들어낸 무대이다. 조회수 1800만 회를 넘긴 이 영상 클립에서 이문세와 김윤희는 '그녀의 웃음소리뿐'이란 곡을 부르는데, 1982년에 데뷔한 노련한 목소리와, 2002년에 태어난 여중생의 기교 없이 담백한 목소리가 굉장히 잘 어울린다. 이 곡의 클라이맥스라고 할 수 있는 '이대로 떠나야만 하는가. 너는 무슨 말을 했던가' 부분을 둘이 함께 부를 때 카메라는 관객들을 수시로 비추는데, 입을 딱 벌리거나 얼굴을 감싸고 있는 관객들의 표정 그대로 나 역시 홀린 듯 동영상을 바라보게 된다.

'표정'에 대해 좀 더 이야기하자면, 많은 사람들이 사랑하는 최종 무대에서 이문세가 보여준 표정보다는 오히려 예선 무대에서 자신의 듀엣 파트너를 선정하기 직전 보여준 표정이 나는 더 인상적이다. 김윤희는 이문세의 듀엣 파트너가 되기 위해 그의 히트곡 '사랑이 지나가면'을 부른다. 발표한 지 30년이 된 노래를 이제 열다섯 살인 후배가 부르는데, 그녀의 목소리를 처음 듣자마자 이문세는 '어 이놈 봐라?'라는 표정을 짓는다. 눈빛이 살짝 바뀌고, 눈길은 노래를 부르는 후배에게 고정된다. 그런데 신기하게도, 그 무대를 보는 모든 선배 뮤지션들이 같은 표정을 짓는다. 뮤지컬을 하는 옥주현이나, 트로트를 하는 장윤정이나, 록음악을 하는 전인권의 표정이 모두 똑같다. 오랫동안 음악으로 귀를 단련해온 사람은 본능적으로 아는 것이다.

'이것은 재능이다.'

기존의 재능들이 앞으로의 재능을 발견하고, 사랑의 눈빛을 보내는 순간은 감동적이다. 재능에 나이가 어디 있나. 목소리에. 문장에. 연주에. 그 어디에 나이가 적혀 있나. 기존의 재능들 앞에 다음 세대가 나타나 눈부시게 빛나는 모습은 아름답다. 나도 문장을 쓰는 일을 하면서 정기적으로 후배들을 만나는데, 가끔씩 주니어보드 후배들의 문장을 읽다가 비슷한 감정을 느낄 때가 있다. 문장에도 분명 재능이 있다. 그것을 구체적으로 설명하기란 쉽지 않지만, 단어와 단어를 조합하는 방식만으로도 재능은 종종 그 존재감을 드러낸다. 주니어보드 카피라이터 직군을 뽑기 위해 매년 직접 필기시험 문제를 내고 채점을 하는데, 매년 초에 찾아오는 그 순간을 나는 내심 기대하며 기다린다. 채점을 위해 야근을 해야 하는 일도 생기지만, 가끔씩 보석 같은 재능이 흙 밖으로 살짝 튀어나오는 듯한 순간을 만나는 재미가 그 괴로움을 상쇄하고도 남기 때문이다.

새로운 재능이 등장하는 모습. 그러나 못지않게 아름다운 것은 그 재능을 사랑스럽게 바라보면서도 이내 자신을 증명하는 어른들의 모습이다. 이문세의 무대가 멋졌던 또 다른 이유는, 김윤희의 맑고 호소력 있는 음색 뒤로 존재감을 드러내는 이문세의 목소리, 그리고 7분 동안 이어지는 공연의 강약을 탁월하게 조율하는 그의 노련함 때문이었다. 테크닉보다는 목소리의 힘으로 김윤희가 치고 나갈 때, 이문세는 충분히 더 세고 강력하게 내지를 수 있음에도 상대의 목소리가 잘

새로운 재능의 도전에 쉽게 물러서지 않고,

자신의 재능을 증명하는 어른의 모습은 아름답다.

오직 재능과 재능으로 대화하는 장면은 사랑스럽다.

나이나 연륜 같은 단어 뒤에 숨지 않고,

어린 재능이라고 함부로 대하지 않고

전력을 다해 나서는 어른들의 모습은 아름답다.

들릴 수 있도록 목소리의 볼륨을 조절하다가, 곡의 최후반부에 가서야 무대를 장악한다. 울타리를 만들어주고 마음껏 뛰어놀게 한 후 무대 전체의 밸런스를 생각해서 가장 매력적이어야 할 마지막에 방점을 찍고는 자연스럽게 물러나는 것이다. 전체를 내다보는 시야야말로, 경험을 통해서만 얻을 수 있는 능력이다.

새로운 재능의 도전에 쉽게 물러서지 않고, 자신의 재능을 증명하는 어른의 모습은 아름답다. 오직 재능과 재능으로 대화하는 장면은 사랑스럽다. 나이나 연륜 같은 단어 뒤에 숨지 않고, 어린 재능이라고 함부로 대하지 않고 전력을 다해 나서는 어른들의 모습은 아름답다. 나는 최선을 다해 싸우는 '오래됨'과 '새로움'을 더 자주 봤으면 좋겠다. 그리고 그 대립에 변화의 씨앗이 숨어 있다고 믿는다. 사실 나 또한 이제는 새로운 재능 쪽보다는, 등장하는 새로운 재능에 사랑의 눈빛을 보내는 기성에 가깝지만, 할 수만 있다면 새털만 한 경력 뒤에 숨어 뒷짐 지고 있기보다는 매번 전력을 다해 증명하는 쪽을 택하고 싶다.

몇 년 전 오랜 친구와 십여 년 만에 만나 점심을 먹었다.

예전엔 별의별 사소한 것들을 공유하던 친구였는데, 그날 점심을 먹는 내내 '얘가 왜 이렇게 낯설지?' 싶었다. 집에 돌아오면서 생각해보니, 전보다 녀석의 말투가 느려져 있었다.

"음… 그러니까… 너희 회사가… 인원이 몇 명… 이라고?"

그 말투는 아마도 요즘 그 친구가 주위 사람들을 만나는 방식일 것이다. 나와는 완전히 다른 직업을 택하고, 세월이 흐르고, 직급이 올라가고, 이제는 조직 안의 후배들에게 권위를 얻기 위해 무게를 잡는 일도 필요했을 것이다. 누구에게나 자신의 위치를 확보하는 각자의 방식이 있을 것이다. 그러나 나는 기왕이면 다른 쪽에서 답을 찾고 싶다. 내가 마음으로 따랐던 멋진 어른들은 언제나 몸소 보여주었으니까. 진정한 권위의 시작은 '요구'가 아니라 '증명'이라고.

외할머니

외갓집은 나의 본가에서 멀지 않았다. 아이가 걸어가기엔 무리지만, 어른들은 맘먹고 걸으면 15분이면 갈 수 있는 거리에 있었다. 외갓집은 늘 같은 장소에 있었고, 지금도 그곳에 있다. 오랜만에 외갓집에 가면 대문이며 천장이며 다락이며 심지어 외할머니까지도 줄어들어버린 것만 같은 기분이 든다. 어릴 적 내가 처음 발을 들여놓은 외갓집의 물리적인 크기는 그때나 지금이나 똑같은데, 물약을 먹어 덩치가 커진 이상한 나라의 앨리스처럼 오직 나만 키가 커져버렸기 때문이다.

다 큰 어른이 되어 외갓집에 가면 구석구석 눈 닿는 곳에 내 어린 시절이 숨어 있다. 슬프게도 이런 공간은 지구상에서 외갓집이 유일하다. 내가 유년 시절을 보낸 5층짜리 아파트는 재건축으로 사라지고 고층 건물이 들어섰다. 실존하는 장소로 어린 내 모습을 떠올릴 수 있는 외갓집에 가면 나는 일부러 다락에도 올라가보고, 아직도 아궁이가 있는 부엌에 내려가서 외할머니 뒷모습을 구경한다. 다락에선 서울에서는 결코 맡을 수 없는 오래된 물건들의 냄새가 난다. 의외로 냄새는 강력한 기억의 환기장치여서, 다락 냄새는 곧바로 돗자리가 깔려 있던 다락에서 골목을 지나가는 사람들의 소리를 들으며 누워 있던 열 살 남짓의 나를 떠올리게 해준다.

작은방 창틀 사이엔 좁은 공간이 있었다. 동생과 나는 용케 그 사이로 들어가 숨어 있기를 좋아했다. 분명 어른들은 두 남자아이가 숨은 것을 알고 있었겠지만, 모르는 척 큰 소리로 "어디 갔지? 모르겠네?"를 외쳐주어 두 소년들을 흥분시켰다. 부엌에 가면 늘 같은 위치에 맑은 물을 떠놓은 물그릇이 있었는데, 저게 뭐냐고 물으면 외할머니는 부엌에는 조왕신이란 신이 있어서 그분에게 잘 보여야 한다고 설명해주셨다. 그 신에게 뭘 비냐고 묻자 외할머니는, 네 엄마와 삼촌, 이모들이 다 건강하고, 또 우리 병욱이도 공부 잘하게 해달라고 빈다고 하셨다. 물 한 그릇을 바치는 것만으로도 그렇게 놀라운 소원을 들어주는 신이 있다니. 나는 '조왕신'이란 비현실적인 단어를 혀에 올려 조용히 발음해보았다.

외갓집에서 집으로 돌아가는 시간이면 외할머니는 늘 문 밖으로 나와 우리가 타고 있는 차가 사라질 때까지 손을 흔들었다. 차를 타고 가다 돌아보면 작은 점처럼 줄어들어 있는 외할머니는 계속 손을 흔들었다. 동생과 나는 계속해서 손을 흔드는 외할머니의 모습이 재밌어서 웃었다. 얼마 전 나는 그 장면을 십몇 년 만에 다시 보고 눈물이 났다.

서울에 살며 가끔씩 대전에 가지만, 외갓집에 들를 일은 많지 않다. 부모님이 계시는 본가에 들러 시간을 보내고, 교통체증이 시작되기 전에 올라오는 것만으로도 늘 시간이 모자라다. 그러다 2019년, 이번에 대전에 가면 반드시 외갓집을 다녀오겠다고 마음을 먹었다. 코로나가 우리를 찾아오기 전, 우리는 그저 마음을 단단히 먹는 것만으로도 사랑하는 사람을 만나고 올 수 있었다.

나와 아내와 아들 재이는, 본가에 들러 어머니를 모시고는 외갓집에 갔다. 편찮으시다고 들었던 외할머니는 내 기억보다 더 조그맣게 줄어들어 계셨지만, 립스틱도 바르시고, 얼굴에 웃음꽃이 가득했다. 나는 난생처음 내 차로 외할머니를 모시고 가 당신이 좋아하시는 육회를 사드렸다. 외할머니는 뒷자리에 탈 때, 부축해드리는 손자며느리의 팔짱을 끼며 어린아이처럼 좋아하셨다. 음식도 잘 못 드신다고 들었던 외할머니는 그날 쉬지 않고 젓가락질을 하시는 바람에 나의 어머니를 놀라게 했다. 외손자가 돈을 잘 버니 여기 있는 음식 다 시켜도 된다고 나는 너스레를 떨었다. 외갓집으로 돌아오는 차 안에서 외할머니는 '우리 병욱이'를 열 번도 넘게 말씀하셨다.

외갓집에 돌아가서는 재이에게 다락을 구경시켜주고, 아궁이를 보여주었다. 재이는 아파트에서는 듣도 보도 못한 집의 구조에 눈이 휘둥그레졌다. 외할머니를 보러 갔지만 나는 아들과 시간을 더 오래 보낸 것도 같다. 얼마 후 외할머니가 깎아주는 과일을 먹고, 거실에 핀 신기한 꽃의 이름을 묻고, 드시라고 사온 두유를 드리고는 서울로 올라갈 차가 막힐 것 같다며 벽시계를 보았다. 외할머니에게서 언뜻 비치는 서운한 표정을 보고, 나는 당황하여 말꼬리를 길게 늘였다. 재이가 왕할머니네집 엄청 좋아하는 것 같다고. 걱정 마시라고 금방 또 오겠다고. 그러자 외할머니는 말씀하셨다.

"너희들이 와서 세상이 훤했는데, 금방 또 어두워지려 그랴."

"에이 엄마도 주책이네. 애들 마음 안 좋게 왜 그래요"라고 하시며 나의 어머니는 자신의 어머니를 바라보았다. 나와 아내는 가슴이 먹먹해져서 서로의 얼굴을 바라보았다. 우리가 나타나기 전의 외할머니의 시간은 어땠을까? 외할아버지가 돌아가시고, 혼자 외갓집을 지키는 외할머니의 하루하루가 어땠을지를 나는 세세히 알 수 없다. 짐작건대 아마 매일매일이 비슷비슷한 밝기였을 것이다. 그러다 몇 시간, 세상이 훤해진 것이다. 큰 외손자가, 어릴 적 자신과 똑같이 생긴 꼬맹이 아들과 아내를 데리고 나타나 집 안 구석구석을 돌아다니니 그 서너 시간이 세상이 훤할 정도로 행복했는데, 이제 돌아가야 한다고, 다시 늘 어둑어둑 비슷비슷한 밝기의 일상으로 돌아가야 한다는 말을 듣게 된 것이다.

받지 않겠다는 용돈을 쥐여드리고, 또 오겠다는 지키지 못할 약속을 하고는, 차에 시동을 걸었다. 떠나며 백미러를 보니 예전보다 구부정해져 더 작아 보이는 외할머니는 늘 그랬던 것처럼 차가 사라질 때까지 손을 흔들고 계셨다. 우리가 잠시 들른 것만으로도 외할머니의 세상은 환해질 수 있는데, 한 사람이 다른 한 사람의 빛이 될 수도 있는데, 나는 대체 무슨 대단한 일을 하고 있다고 그 몇 시간을 못 내고 있을까.

자주 가겠다는 약속은 또 다른 이유로 지키기 어려워졌다. 코로나가 가장 심각한 도시, 서울에 사는 외손자가, 나이 든 외할머니를 보러 간다는 건 마음만 먹는다고 할 수 있는 일이 아니게 되었다. 그러나 코로나가 사라지면, 나는 시간을 낼까. 아니면 또 이런저런 이유를 들어 미루게 될까. 우리는 소중한 사람들과의 시간이 영원하지 않다는 사실을 머리로는 잘 알고 있으면서도 왜 행동으로 옮기지 못할까.

존재만으로도 우리는, 누군가의 빛이 될 수 있는데.

대단한 노력이 필요한 일도 아닌데.

어리광

어떻게 내가 그 글을 읽었는지는 기억이 나지 않는다. 생각 없이 인스타그램을 열었고, 아마도 누군가의 포스팅에 달린 댓글이 흥미로웠고, 그 댓글을 따라가다 전혀 모르는 이의 인스타그램 계정에 닿았다. 멋진 여행지의 사진이 있었고, 정말 오랜만에 아빠와 여행을 갔다는 설명이 붙어 있었다. 그리고 바로 아래 누군가의 댓글이 하나 달려 있었다.

'딸아, 어리광 부려줘서 고마워'

무슨 이유에서인지 나는 그 댓글을 아주 오랫동안 바라봤다. 사실, 잠깐 가슴이 먹먹했다. 좋은 것, 멋진 것, 자랑하고 싶은 것들로 가득한 인스타그램에서 예상치 못한 문장에 얻어맞은 기분이었다. 딸은 뭐 하는 사람인지, 아빠는 어떤 아빠인지 아는 게 전혀 없는데, 왠지 그 감정을 알 것만 같았다.

한 장의 사진과 한 줄의 댓글로부터 두 사람의 이야기를 상상해보면,

이십대 후반의 딸과 오십대 후반의 아빠는 오랜만에 여행을 떠났을 것이다. 딸이 성인이 되고 나서, 둘만 떠난 여행은 처음이었을 것이다. 어릴 적 수없이 많은 여행을 함께 다녀봤지만, 오랜만의 여행 첫날, 차 속 공기는 조금 어색했을 것 같다. 여행을 가자고 먼저 말을 꺼낸 건 딸이었을까? 아빠였을까? 둘 중 한 사람에게 어떤 '변화'가 있었던 건 아닐까? 딸의 결혼? 유학? 아빠의 퇴직?

아빠는 어느새 훌쩍 자라 더 이상 자신에게 기대지도, 어리광을 부리지도 않는 딸이 대견하면서도, 마음 한구석 아쉬움이 남아 있었을 것이다. 그러다 오랜만에 함께한 여행에서 딸이 아이 때처럼 어리광을 부리자, 기쁘고 반가웠을 것이다. 세상 그 어떤 존재보다 사랑했던 그 아이와, 그 아이에게 꼭 필요한 존재였던 그 시절의 자신이 돌아온 것만 같았을 것이다. 아이는 자라 어른이 되었지만, 아빠는 계속 아빠일 테

니까. '얼마든 어리광 부려도 좋아. 아빠는 변치 않고 너를 도울 준비가 되어 있어'라는 말을 하고 싶었던 게 아닐까. 그래서 그리 말하지 않았을까. 딸아, 어리광 부려줘서 고마워.

내가 이름 모를 아빠의 댓글 한 줄에 알 수 없는 먹먹함을 느낀 이유는, 나 또한 비슷한 감정을 막 느끼기 시작했기 때문이다. 아들 재이는 초등학교 3학년이다. 집에서 학교로 가는 길엔 큰 사거리가 하나 있어서, 아직까지는 학교 가는 길을 엄마나 아빠가 함께하는 중이다. 출근 시간을 조정할 수 있는 광고회사를 다니는지라 일정에 여유가 있으면 아이를 등교시키고 출근하는데, 일주일에 한두 번 찾아오는 그 시간이 나는 정말 좋다.

아침의 등굣길, 꼭 잡은 아이의 손은 늘 따뜻하고 말랑말랑하다. 어제 배운 것들, 선생님 말 안 듣던 친구들, 급식 시간에 나온 먹기 싫은 음식을 이야기하면서 걷는 시간은 알 수 없는 기쁨을 준다. 건널목을 건너 내려가다 보면 내리막길이 하나 나오는데, 그 근처를 가면 우리는 늘 빨리 달리기 장난을 치고, 나는 달려가는 재이의 뒷모습을 찍어 스마트폰 속 '학교 가는 길' 폴더에 넣어 보관한다. 1학년 1학기의 재이는 아기에 가까웠는데, 3학년 1학기의 재이에게선 소년의 느낌이 난다.

걷다 보면 학교 뒤쪽 골목을 통과하게 되는데, 위치상 급식실 근처를 지나가게 되어 있다. 급식실은 점심 급식을 위해 아침부터 분주하다. 콩나물이 나오는 날엔 아침부터 콩나물 삶는 냄새가 난다. 재이와 나는 골목에 퍼진 냄새를 맡으며 오늘의 메뉴를 예측한다.

그리고 골목을 빠져나오면 먼발치에 재이가 다니는 초등학교의 정문이 보인다. 그런데 요즘은, 골목을 도는 순간 아들이 잡고 있던 손을 살짝 빼고 싶어 하는 걸 느낀다. 갑자기 탁 트인 도로에 들어서면, 같은 반 친구들이 여기저기서 나타나니까. 고학년 형아 누나들 사이에서 자기만 어린아이로 보이기 싫으니까(라고 추측한다). 아빠는 "여기 가끔 차 지나가니까 위험해!"라며 손을 잡지만, 속으로는 천천히 준비를 한다. '네가 내 손을 잡고 학교를 가는 시기도 곧 끝나겠구나.' 알 수 없는 서운함이 밀려들지만 어쩔 수 없다는 것도 안다. 아이는 너무나 빨리 자라는데, 준비가 안 된 채 허둥대는 건 오히려 부모라는 생각도 든다.

인스타그램 속 아빠의 댓글을 떠올리며, 요즘의 나를 생각하며, 문득 궁금한 마음이 든다. 아이는 자라 어른이 되어도, 부모는 계속 부모일까. 대전에 계신 나의 어머니는 그러지 말라 해도 매번 야채며 나물이며 반찬을 바리바리 싸서 택배로 보내신다. "서울에도 야채 있어요. 반찬 가게에도 나물 있어요." 아무리 얘기해도 듣지 않으신다. 솔직히 어머니가 보내주시는 채소와 반찬이 서울에서 사 먹는 것들과는 비교도 안 되게 맛있지만, 나는 어머니가 충분히 드리지 못하는 용돈을 아껴서 반찬 비용에 쓰시는 것이 늘 안쓰럽고 미안하다.

어머니는 왜 말을 듣지 않는 걸까. 그것은 아마도, 내가 아이이고 엄마는 여전히 엄마이던 오래전 그날처럼, "엄마, 진짜 맛있어요" 이 한마디를 다시 듣고 싶어서 그러는 게 아닐까. 그 말 한마디를 듣고 피어오르던 기쁨이 내가 생각했던 것보다 훨씬 컸던 게 아닐까. 인스타그램 속 이름 모를 아빠는 왜 다 큰 딸의 어리광에 고맙다는 댓글을 달았을까. 사랑했던 존재가 여전히 나를 필요로 한다는 감정, 오랜만에 만난 그 감정에 충만함을 느꼈던 것 아닐까.

부모가 되어보니 조금 알겠다. 내가 아이를 위해 희생을 해도, 그 결과로 아이가 행복해하면 내가 치른 희생은 금방 기억에서 사라진다. 가끔 생각한다. 인간은 의외로, 받는 것보다 주는 것에서 더 큰 만족감을 얻도록 설계되어 있는 것은 아닐까? 그 만족감이 너무나 커서, 아이가 자라 어른이 되어도 세상의 엄마들과 아빠들은 여전히 엄마와 아빠로 남아 계속해서 주고 또 주려는 건 아닐까. 코로나로 통째로 바뀐 세상 속에서도, 변함없이 아빠는 다 큰 딸의 어리광이 반갑고, 엄마는 바리바리 싸서 보내는 음식으로 다 큰 자녀의 집 냉장고를 채울까. 아직 세상이 바뀌는 중이니 추측할 뿐이지만, 유전자 깊숙이 새겨진 이 본능을 바이러스는 막을 수 없을 거라 생각한다.

3부

앞으로, 무엇이
우리의 마음을 움직이게 될까?

김윤아

우연히 채널을 돌리다가 홀린 듯이 지켜보게 되었다. 자우림의 김윤아가 리스본에서 노래하는 장면을. 오래전부터 플레이리스트에 넣어두고 가끔씩 아껴 듣는 '스물다섯, 스물하나'가 흘러나오는 바람에 나는 채널을 고정할 수밖에 없었는데, 흥미롭게도 화면 속 포르투갈 사람들 또한 꼭 나처럼 노랫소리에 이끌려 하나둘 가던 걸음을 멈추기 시작했다.

바람에 날려 꽃이 지는 계절엔
아직도 너의 손을 잡은 듯 그런 듯해
그때는 아직 꽃이 아름다운 걸
지금처럼 사무치게 알지 못했어

우~ 너의 향기가 바람에 실려 오네

우~ 영원할 줄 알았던 스물다섯 스물하나

가사의 의미를 알 길이 있을까. 비행기로 열여섯 시간을 날아가야 닿는 나라의 사람들이. 하지만 어떤 감정이 전해졌는지 무대 주위로 사람들은 모여들고, 몇몇의 얼굴에선 예상치 못한 장소에서 아름다운 것을 만난 이의 표정이 피어난다. 노래가 끝나고, 카메라는 장소를 옮겨 늦은 밤 작은 술집을 비춘다. 김윤아는 두 번째 솔로 앨범 속 '야상곡'이란 노래를 부르는 중이다.

애달피 지는 저 꽃잎처럼

속절없는 늦봄의 밤

이제나 오시려나 나는 애만 태우네

구름이 애써 전하는 말

그 사람은 널 잊었다

살아서 맺은 사람의 연

실낱같아 부질없다

'왁자지껄'이 익숙한 공간에서 모든 언어가 일제히 숨을 죽인다. 초로의 신사는 턱을 괴고 생각에 잠긴다. 은발의 할머니는 눈을 내리깔고 고개를 젓는다. 손님들은 지금, 각자의 이별과 상실을 떠올리는 중으로 보인다. 이곳에서 언어의 벽은 멜로디와 음색의 힘에 속절없이 무너지는 것처럼 보인다. 알 수 없는 감동이 찾아온다. 저 힘은 뭘까.

비슷한 감정을 나는 이소라의 무대에서도 느낀 적이 있었다. 코로나로 상처받은 대구 시민들을 위해 찾아간 '비긴어게인 코리아'의 무대, '나를 사랑하지 않는 그대에게'를 부르는 모습이었다. 곡의 1절에 해당하는 부분은 후배가수 정승환이 시작한다. 피아노 반주와 함께 등장하는 정승환의 미성이 아름답다.

난 너에게 편지를 써
모든 걸 말하겠어
변함없는 마음을 적어주겠어

아름다운 멜로디는 계속된다. 쌀쌀한 가을밤, 얇은 담요를 걸친 사람들은 흐르는 음악을 만끽한다. 눈을 감고, 고개를 젖히고, 옆 사람의 손을 잡는다. 코로나 시대, 마스크 뒤로도 숨겨지지 않는 감정이다. 그리고 잠시 후 2절, 이소라가 등장한다.

난 욕심이 너무 깊어
더 많은 걸 갖고 싶어
너의 마음을 가질 수 없는 난 슬퍼

이소라가 부르는 2절은, 1절과 같은 멜로디지만 완전히 다른 노래처럼 들린다. 평면이 갑자기 입체가 되는 기분마저 든다. 툭툭 내뱉는 것 같은데 한 소절 한 소절이 한겨울에 내리는 비처럼 몸속으로 파고든다. 손톱만 한 이어폰으로 그날의 공연을 엿듣고 있는 내게도 전율이 이는데, 현장에 있던 사람들은 말해 무엇 할까. 공연이 끝나고, 사람들은 박수치는 것조차 잊은 채 잠시 멈춰 있다. 말을 잃을 만큼 아름답다는 것은 이런 장면을 두고 하는 말이 아닐까.

그날, 이소라의 무엇이 나를 압도했는가에 대해 종종 생각한다. 리스본의 김윤아가, 아름다운 가사의 힘에 기대지 않고도 포르투갈 사람들을 붙들어 세웠던 아우라는 무엇인지 생각한다. '스물다섯, 스물하나'는 워낙 좋아하는 노래라 다른 가수들이 부른 버전도 찾아 들어보곤 하는데, 이를테면 아이돌 가수 중 노래 잘하기로 유명한 김세정이 부른 버전은 대단히 매력적이지만 김윤아의 아우라에 비할 바는 아니다.

고백하자면, 김윤아의 압도적인 무대를 볼 때마다 나는 묘한 위안을 느끼는 중이다.

그것은, 나이듦을 새로운 각도에서 조망할 수 있게 해주기 때문이다. 요즘처럼 오직 새로움에만 온 사회의 스포트라이트가 쏟아지는 시절이 있었나. 새로움만이 대접받는 사회에서, 나이 들어가는 사람에게 예정되어 있는 것은 쓸쓸한 퇴장뿐이다. 게다가 '내가 나이 들었다'는 감정은 그 어느 때보다 빨리 찾아오고 있는 것으로 보인다. 얼마 전 주니어보드 멘티인 대학생 후배와 점심을 먹는데, "저 너무 늙었어요"를 몇 번이나 이야기하는 바람에 적잖이 당황한 적이 있다. 오늘 우리는 우리가 수강신청을 한 적도 없는 시간표 위에서 다음 시간을 알리는 종소리에 끊임없이 쫓기며 사는 모양새다. 중3이 되면 울리는 종소리. 고3의 종소리. 대1과 복학과 취업과 결혼의 종소리. '더 나이 들기 전에 아이는 낳아야 하지 않겠니'의 종소리. '회사 잘리기 전에 유튜브 시작해보는 건 어때?'의 종소리. 각 교시의 간격은 특히나 새로운 세대들에게 더욱 촘촘해지는 중이다. 대학교 1학년 2학기의 종이 울리기가 무섭게 학생들은 취업 스트레스를 받는다고 한다. 요즘은 3학년만 되어도 고사리나 시조새 같은 오래된 생물의 이름으로 불리고, 졸업 유예라도 할라치면 암모나이트나 석유 취급을 받는다고 들었다. 세상에. 대학교 3학년이? 놀라는 나의 모습에 후배들이 더 놀랐다. "모르셨어요? 진짜 세상이 그래요. 우리가 이상한 게 아니에요."

그래서 나는, 김윤아의 아우라가 아름답다. 김윤아는 어떤 권위에도 기대지 않고 말하는 중이다. 시간을 두고 깊어진 것이 이렇게나 강력하다고. 그것은 오직 새롭고 새로운 것만이 무기인 사람들에겐 주어지지 않는 힘이라고.

몇 번의 정돈된 움직임으로 우동을 내어놓는 요리사의 모습은 아름답다. 짬에서 오는 바이브는 아름답다. 베테랑 야구 선수의 고요한 수비는 아름답다. 야구를 잘 모르는 이에게는 화려한 다이빙 캐치를 하는 수비가 멋져 보이겠지만, 야구 선수들의 말을 들어보면 최고의 수비수는 몸을 잘 날리지 않는다고 한다. 타석에 선 타자의 성향과 투수의 구질을 고려해 공이 갈 위치를 예측하고, 공이 지나갈 확률이 높은 자리로 미리 움직이니 화려하게 몸을 던지는 모습을 보여줄 일이 드물다는 것이다.

우리는 그 어느 세대보다 '기존'의 빠른 퇴장과 몰락을 경험하는 중이다. 코로나로 사회를 지탱하는 시스템의 거의 모든 것이 흔들리는 중이니, 그 속도는 더 빨라질 것이다. 새로운 피가 기성을 하나씩 격파하는 것도 분명 대단한 쾌감을 주지만, 경험이 주는 능숙함과 대체 불가능함 또한 못지않은 위로가 된다. 우리는 모두, 단 한 명의 예외 없이 청춘을 지나 기성을 향해 달리게 되어 있으니까. 모두에게 예정된 목적지가 쓸모없음과 절망뿐이라면, 누가 그 여정을 기분 좋게 즐길 수 있을까. 오늘 김윤아와 이소라의 아름다운 나이듦은 나를 향해 자동차의 방향 지시등처럼 깜박이는 중이다. 쉽게 닿을 수 없겠지만, 그곳을 향해 걸어가보고 싶다.

손편지

회사가 대대적으로 인테리어를 바꿨다. 입사한 지 근 10년만의 일이었다. 인테리어 공사의 핵심은, 기존의 책상과 서랍과 파티션을 모두 버리고 사무실 구석에 사물함을 놓는 것. 처음엔 이 변화가 어색했다. 서랍 없이 산다고? 테이프 하나 가지러 사물함까지 가라고?

그러나 인간은 적응의 동물이라 했던가. 나는 갈라파고스에 살고 있다는, 곤충 대신 해초를 뜯어먹고 사는 바다 이구아나처럼 지금은 이 환경에 나름대로 적응하며 살고 있다. 그러나 변화엔 고통이 따르는 법. 서랍을 없애는 일은 생각처럼 쉽지 않았다. 높이 60센티미터 정도의 3단 서랍을 비워본 적 있는가? 나는 '장담한다'는 표현을 싫어하지만 이 대목에선 확실히 장담할 수 있다. 서랍이 토해내는 물건의 종류와 양은 당신의 상상력을 가볍게 비웃어줄 것이다. 도라에몽의 주머니 속엔, 높이 60센티미터 정도의 사무용 3단 서랍이 들어 있음이 분명하다.

'이걸 다 사물함으로 옮기라고?' 나는 곤충으로 된 10첩 반상을 먹다가 갑자기 해초 다이어트를 하게 된 바다 이구아나의 심정으로 서랍을 바라보았다. 직면한 문제를 해결하는 방법은 사실 너무나 간단했다. 버리는 것. 무슨 일이 벌어질지 몰라 쟁여두었지만 10년 동안 아무 일도 벌어지지 않았음을 간신히 떠올리며, 나는 떨리는 손으로 10년 만에 처음 만져보는 물건들을 쓰레기통에 집어넣기 시작했다. 지금은 없어진 업체들의 명함들. 만일의 사태를 대비해 보관 중이던 고무줄(응?). 그러나 아무리 애를 써도 도저히 버릴 수 없던 것이 있었으니, 팀 순환근무를 마치고 헤어지게 된 인턴들이 보내준 손편지와, 퇴사하던 동료가 남긴 카드, 주니어보드를 마치며 대학생들이 남긴 쪽지였다.

자연스럽게, 지금껏 내게 찾아왔던 무수한 헤어짐들을 돌아보게 되었다. 그럴듯한 작별 인사가 없었던 경우도 있었지만, 몇몇 사람들은 같은 공간에서 함께했던 소회들을 이메일로 남기고 떠났다. 이메일 속엔 손편지와 똑같은 절절한 마음이 적혀 있었지만, 그 메일을 나중에 열어보는 경우는 드물었다. 왜였을까? 무엇보다, 나는 그 사람이 내게 메일을 보냈었다는 사실을 너무나 쉽게 잊어버렸다. 그리고 그 메일은 다른 수많은 메일들 틈에 끼어 다음 페이지로, 그다음 페이지로 밀려났다. 대부분의 이메일들은 그렇게, 어제 한강 위를 흐르던 물살처럼 어딘가로 흘러가 사라진다. 쉽고 편리한 디지털은, 쉽고도 편리하게 사라진다.

하지만 손편지는 이야기가 조금 다르다. 이메일이야 삭제 버튼만 누르면 그만이지만, 손편지를 버리기란 쉽지 않다. 사람의 손길이 닿은 물건을 버린다는 건, 그 사람의 마음을 버리는 것만 같아 나도 모르게 잠시 멈칫하게 된다. 나는 누군가가 보낸 손편지를 다음에 볼 요량으로 따로 모아두는 편인데, 이메일 이별 편지와 마찬가지로, '다음에'라는 순간은 좀처럼 찾아오지 않는다. 그러나 아날로그에는 남다른 힘이 있으니, 인테리어 공사 같은 예상치 못한 이벤트를 틈타 불쑥 등장하는 것이다. '나 기억나? 그렇게 새까맣게 잊어버리기야?'

그리고 곧바로, 손편지의 마법은 시작된다. 손편지는 순식간에 수년 전의 상황을 소환시킨다. 필압으로 살짝 패인 종이, 그 사람 특유의 글씨체. 열심히 골랐을 편지지. 아날로그는, 수많은 단서들을 제공하며 디지털보다 훨씬 쉽게 그와 그녀들을 떠오르게 한다. '아, 이 녀석이 아이디어 회의할 때 내놓은 종이 위 쭈글쭈글한 글씨가 이런 모양이었지. 우리는 이런 식으로 서로를 바라보고 있었구나. 그러고 보니 그때 우리 정말 고생했는데. 인턴에겐 모든 것이 처음이었을 테니 더 절실했겠네. 내가 아무렇지 않게 했던 칭찬을 이 아이는 몇 배로 소중하게 간직했구나. 읽는 사람이야 금방이지만 쓰는 사람은 편지지를 고른다고 또 한참 시간을 보냈겠네. 내가 뭐라고. 우리가 보낸 시간이 뭐 그렇게 대단했다고. 궁금하네. 어떻게 변했을지. 아니면 그때 그대로일지.'

이미 나와 함께 나이 먹으며(이 대목에서 동의 못 할 후배들의 얼굴도 떠오른다) 이런저런 회사에서 멋지게 커리어를 쌓고 있는 후배들도 당시엔 모든 것이 서툴렀던, 손에 그럴듯한 패를 쥐지 못한 청춘들이었고, 그 감정들은 편지에 그대로 담겨 있다. 모니터 속 폰트가 아니라 인간의 글씨라서 그 마음은 훨씬 더 강렬하게 전달된다. 왜 이 친구들은 마지막 인사

개인적으로 요즘은 정확하지 않고, 완벽하지 않은 아날로그가

오히려 더 디테일이 좋은 것처럼 느껴진다.

이건 사람의 힘이 필요한 거니까.

기계가 할 수 없는 거니까.

불완전한 것이 더 매력적으로 느껴지는 시대가 온다고 본다.

시대의 아이러니다.

를 전하는 도구로 손편지를 선택했을까? 우리는 그 어느 때보다 손으로 편지를 쓰는 일이 드문 시대를 살고 있는데. 그러나 그 드문 선택 때문에 나는 그 또는 그녀를 더 선명하게 떠올리게 된다. 아날로그의 힘이다.

요즘은 이런 생각을 한다. 디지털 시대라고 아날로그가 사라지는 게 아니라, 디지털 시대이기 때문에 아날로그가 훨씬 유리해질 거라고. 직업이 직업인지라 오늘도 무수히 많은 디지털 이미지를 만들고 있는데, 디지털이 만드는 결과물들은 분명 완성도가 높음에도 불구하고—디카페인 커피나 무알콜 맥주처럼—그 사물 특유의 매력이 제거된 느낌을 받곤 한다. 나는 요즘 이런 감정을 '평평하다'고 표현하고 있다. 깎은 밤톨처럼 완벽한 디지털은, '평평하다'. 온통 완벽한 이미지들 틈에는 또 다른 완벽을 더해도 더 이상 새롭거나 놀랍지 않다. 주변이 다 완벽하니까. 오히려 이런 장소에서 주목받을 수 있는 건 완벽해서 평평한 무엇보다, 들쑥날쑥한 아날로그다. 개인적으로 요즘은 정확하지 않고, 완벽하지 않은 아날로그가 오히려 더 디테일이 좋은 것처럼 느껴진다. 이건 사람의 힘이 필요한 거니까. 기계가 할 수 없는 거니까. 불완전한 것이 더 매력적으로 느껴지는 시대가 온다고 본다. 시대의 아이러니다.

그렇다고 '탈디지털'이 목표라는 말은 아니다. 이제는 디지털이 모든 영역에서 기본값이 될 것이라는 사실을 나 또한 의심하지 않는다. 그러나 앞으로는 아날로그를 포인트로 잘 쓰는 브랜드와 크리에이터가 더 사랑받을 거라고 생각한다. 이메일로 도착한 기업의 소개서와, 종이에 인쇄되어 질감이 남다른 폴더 안에 들어 있는 소개서는 완전히 다르다. 툭툭 버튼을 눌러서 넘길 페이지를, 종이로 넘기다 보면 시간이 더 걸리고, 만지면서 조금 더 관심이 생기고, 머무르게 된다. 나와 관계를 맺을 확률이 조금 더 높아지는 것이다. 비용 대비 효율에서 디지털은 아날로그를 압도하겠지만, 내게 정말 중요한 클라이언트의 마음을 움직이고 싶은 순간이 찾아온다면 나는 꼭 아날로그를 포인트로 쓰겠다.

『평소의 발견』을 읽고 좋았다며 어느 크리에이터가 만년필로 쓴 엽서를 보내줬다. 나는 수고롭게 시간을 들여 쓴 손 글씨에서 내게 넘어오는 감정이 좋아 들여다보다가 실수로 엽서 위에 물을 엎질렀는데, 잉크가 번졌는데도 여전히 얼룩의 중심에 남아 있는 글씨를 바라보며 한참을 신기해했다. 나중에 그 엽서를 꺼내볼 일이 있다면, 나는 분명 엽서를 받던 시점에서 피어오르던 묘한 기쁨을 똑같이 느낄 것이다. 그것은 디지털이 할 수 없는 일이다. 예전에 꼭 함께 작업하고 싶던 감독님과 일하게 되어 처음 미팅을 가졌는데, 감독님이 건네준 하얀 명함을 나는 그대로 커피 컵으로 빠뜨리고 말았다. 그날 그 자리에서, 흰 명함의 정확히 절반이 커피색인 희한한 버전이 태어났다. 감독님은 당황해하며 새 명함을 주셨지만, 나는 그 아수라 백작(MZ세대들은 한번 검색해보시길) 스타일의 명함을 보며 가끔 그날 생각을 했다. 새로운 일을 시작하는 크리에이터들 사이에서 번지는 묘한 긴장감과, 작은 동작과 말투에서도 상대를 파악하려고 신경을 곤두세웠던 그날의 공기를 기억해냈다. 그것은 디지털 명함이 할 수 없는 일이다.

그날의 그 명함은 슬프게도 문제의 인테리어 공사 기간 중에 잃어버렸다. 디지털 파일이라면 간단히 살릴 수 있는 것을 다시는 되돌릴 수 없는 것. 이 또한 아날로그의 매력이다. 사람은 어중간하게 남아 있는 것보다 완전히 사라진 것을 더 그리워하는 법이니까. 요즘은 아날로그의 힘에 대해 자주 생각한다. 디지털의 시대일수록, 아날로그의 매력이 도드라질 것이라는 생각을 한다.

정신적 피난처

숨 막히던 하루를 마치고 집으로 돌아가는 길이었다. 나는 배송 중인 택배 상자처럼 이리 흔들 저리 흔들리며 같은 객차에 탄 100여 명의 승객들과 함께 한강 이북으로 이동하는 중이었다. 이른 아침 열심히 회사로 향했다가, 열심히 노동력을 제공하고, 다시 열심히 집으로 돌아가는 루틴의 반복. 루틴은, 그것을 의식하기 시작하기 전까지는 당연해 보이다가도, 일단 의식한 다음부터는 모든 과정이 낯설고 의심스러워진다. '일어나서 세수하고, 출근해서 일하고, 돌아와서 씻고 잠드는 이 일과가 내 인생의 전부라면 좀 시시하지 않은가.'

이런 아슬아슬한 시기를 이겨내는 효과 빠른 진통제는 대개 내가 사랑하는 사람들과의 여행이었다. 일 년에 겨우 며칠이지만, 다른 언어를 쓰는 완전히 새로운 공간을 마주했을 때 아이의 달라지는 표정을 본다거나, 아내와 그곳에서만 먹을 수 있는 음식을 먹으면서 수다스러워지는 그 순간은 늘 대체 불가능한 행복감을 주었다. 그러나 코로나는 내게서 이런 기쁨을 앗아가버렸으니, 두어 달 뒤면 다시 예전처럼 돌아가겠지 하던 2020년 초의 바람이 얼마나 순진했었는지는 지금 이 시간에도 들리는 뉴스들이 증명해주고 있다. 그러나 어쩌겠는가. 밥벌이를 멈출 수는 없고, 효과 빠르던 진통제는 더 이상 구할 수 없다면, 아쉬운 대로 비슷한 언저리의 약이라도 집어먹는 수밖에.

그날 내가 집어든 유사 진통제는, 넷플릭스의 요리 다큐멘터리였다. 나는 요리 다큐멘터리를 굉장히 좋아해서 '누들로드'나 '요리인류' 같은 프로그램은 빼놓지 않고 보는 편이다. '세계에 저렇게나 많은 종류의 음식이 있고, 같은 재료도 저렇게나 다양하게 즐기는구나'를 알아가는 순간은 늘 신기하고 짜릿하다. 넷플릭스엔 양질의 요리 다큐가 많은데—아마도 넷플릭스의 알고리즘이 나란 유형의 사람을 분석해서 잘 보이는 곳에 내어놓기 때문이겠지만—추천 콘텐츠로 뜨는 '길 위의 셰프들' 같은 콘텐츠는 꼭 그 나라에 여행을 가서 그곳의 음식을 먹고 있는 것만 같은 착각을 준다.

그날 퇴근길의 선택은 사민 노스랏의 베스트셀러를 다큐멘터리화한 '소금. 산. 지방. 불. Salt Fat Acid Heat'이었다. 맛있는 음식이란 결국 소금, 산(식초 등의 신맛), 지방의 기름진 맛과 열, 이 네 가지 요소의 조합이란 흥미로운 통찰로 이루어진 이 다큐멘터리는, 제목처럼 총 4편의 이야기로 구성되어 있다. 지루하던 일상에 상큼한 자극이 되길 바라며, 나는 주저 없이 산acid편을 골랐다.

플레이 버튼을 누르자 곧바로 멕시코 유카탄반도의 시트러스 시장이 등장했다. 멕시코 음식 하면 매운 소스가 떠오르지만, 곰곰이 생각해보면 그 바탕에 늘 신맛이 깔려 있다. 그래서일까? 멕시코에는 오직 신맛을 내기 위한 음식재료들만 파는 시장이 있다고 했다. 구스베리, 패션프루트, 광귤. 낯선 이름의 과일들이 소스의 재료가 되어 고기의 육질을 부드럽게 하고, 느끼하거나 짠 음식의 맛의 밸런스를 잡아준다고 했다. 잠시 후 주인공은 아기 장난감처럼 새빨간 컬러의 삼륜오토바이를 타고 칠면조 에스카베체라는 요리를 만들러 멕시코의 가정집 주방으로 이동했다. 유카탄반도의 시트러스 시장이라니. 요리 다큐는, 너무나 쉽게 내가 다른 공간에 와 있는 듯한 느낌을 주었다. 그리고 그것은 한동안 지구상의 아주 제한된 구간에서의 제한된 일에만 정신이 팔려 있던 내게 짜릿한 자극을 주었다. '지금 이곳의 반대편에도, 다른 인생들의 다른 세상이 있구나. 이곳이 전부가 아니구나. 내일 쓸 카피와 광고주의 피드백만이 온 세상의 전부는 아니구나. 유카탄반도의 시트러스 시장이라니.' 그날, 넷플릭스의 요리 다큐멘터리는 잠깐 동안 나를 내 생각 밖으로 데려다주었다. 내게 훌륭한 '정신적 피난처'가 되어주었다.

앞으로의 우리에 대해 생각해본다. 예전처럼 자유롭게 세계를 여행하는 날은 다시 돌아올까? 당분간은 불가능하지 않을까? 출발지의 상태가 완벽해도, 도착지가 엉망이면 애초에 성립되지 않는 것이 여행이니까. '당분간'이면 다행이다. 인류는 아마도 코로나, 또는 코로나 같은 팬데믹과 공존하는 삶을 살아가게 될 것이라는 전문가들의 예측을 들어보면, 완벽히 2019년 이전으로 돌아가는 일은 완벽히 불가능한 얘기일지도 모른다.

그렇다면 이 결핍을 무엇이 채워줄 수 있을까? 나는 가끔, 물리적인 이동이 불가능해질수록 우리를 정신적으로 이

동시켜주는 콘텐츠가 사랑받을 것이라는 생각을 한다. 어쩌면 그것이 유일한 탈출구니까. 좁게 보면, 여행과 관련된 콘텐츠들이 그 역할을 할 것이다. 얼마 전 TV의 여행 프로그램에서 피렌체의 시가지가 나오는데, 십여 년 전에 들렀던 그 거리를 나는 홀린 듯이 바라보고 있었다. 그리고 화면을 바라보는 몇십 분은 마치 그곳으로 돌아간 듯 행복했다. 나 저기 가봤는데. 저 성당 속 벽화가 아직도 눈에 선한데. 적어도 저 강물은 지금 이 시간에도 그대로 흐를 텐데.

생각을 조금 넓혀보면? 인간의 움직임이 제한된다면, 정신적인 탈출구가 될 수 있는 모든 것이 매력적인 대안이 될 것이다. 안전한 장소에서 오직 두뇌의 힘만으로 온전히 다른 장소를 다녀올 수 있게 해주는 '책'이나, 내가 원하는 장소에서 시각적인 즐거움의 최대치를 주는 왓챠나 넷플릭스 같은 미디어가 더 사랑받을 것이다. 이국적인 요리를 파는 레스토랑은 어떨까? 안전한 곳에서 취향이 맞는 사람들끼리 소수 정예로 만나는 모임은? 우리가 더 이상 새로운 곳을 찾아갈 수 없다면, 지금 이곳의 '밖'이 될 수 있는 것이라면 무엇이든 더 사랑받지 않을까?

글을 쓰는 지금도, 내 스마트폰엔 '확진자가 발생하여 역학조사를 진행 중이니 감염 경로는 홈페이지를 확인하라'는 긴급재난문자가 오는 중이다. 우리의 몸과 마음의 재난은 언제쯤 끝이 날까. 2019년 이전으로 돌아갈 수는 없을 거라는 전문가들의 예측이, 어이없게 빗나간 태풍의 진로처럼 이야기되는 날이 왔으면 좋겠다. 우리는 긴장했고, 충분히 노력했으며, 예측은 그 힘으로 빗나가버렸다고. 태풍이 빗겨간 날 아침, 커피를 마시며 누군가가 "이런 예측은 틀리는 게 좋은 거잖아"라고 웃으며 말하는 것처럼, 이 모든 우울한 예측들이 거짓말처럼 빗나가 세상의 모든 여행과 음식과 모험 들이 다시 내 일상으로 돌아와준다면 나는 그 어떤 전문가의 빗나간 예측도 웃으며 넘어가줄 준비가 되어 있다.

개별성

"각각의 노래는 세로가 아닌 가로로 놓여 있어야 합니다."•

가수 윤종신의 책, 『계절은 너에게 배웠어』를 읽다가 만난 문장이다. 곱씹어볼수록 좋아서 포스트잇에 적어 책상 앞 파티션에 붙여두었다. 생각해보면 이제껏 우리는 음악을 늘 세로로 놓는 데 익숙했다. 몇 주 연속 1위. 무슨 차트 1위. 1등을 차지한 노래는 아깝게 2등에 머문 노래보다 우월해 보였다. 무엇이든 순위를 매기고 줄을 세우는 데 익숙한 한국 사회에 살고 있기 때문일까? 세로로 매긴 순위가 당연했고, 순위를 매긴 기준이 무엇이었는지는 별로 의심해보지 않았다.

• 윤종신, 『계절은 너에게 배웠어』, 문학동네, 2018, 217쪽.

사실 언젠가부터, 음원을 발매한 바로 그 주에 음악 프로그램에서 1등을 하고 꽃다발을 받으며 우는 아이돌 그룹의 모습을 보면 기분이 이상하긴 했다. '어떻게 내가 한 번도 들어본 적 없는 음악이 공중파의 음악 프로그램에서 1등을 하지? 이제는 나도 트렌드에 많이 뒤떨어졌나 보네.' 그것은 의심보다는 체념이었고, 숫자로 매겨진 순위에 대한 조건 없는 승복이었다.

싸이의 '강남스타일'이 빌보드에서 1위를 하느냐 마느냐가 온 국민의 관심사이던 시절이 있었다. 그 시절 싸이는 축구의 손흥민이나 야구의 류현진처럼 세계 최고의 리그에서 뛰는 한국인 스포츠 스타처럼 보였다. 2012년 빌보드 핫 100차트에서 7주 연속 2위를 할 때, 나는 내심 1위 자리를 내주지 않는 마룬 5가 야속하기까지 했다. 고지가 저긴데, 1위의 영예가 코앞인데. 일주일에 한 번 차트가 발표될 때마다 모두의 관심이 집중됐다. 이번 주 빌보드 차트 발표했대? 이번에도 1등 못했대?

그런데 윤종신의 문장은 지금껏 내가 바라봐온 음악을 새로운 시선으로 볼 수 있게 해주었다. "각각의 노래는 세로

각각의 노래엔 각각의 매력이 있다.

순위가 아니라 곡 하나하나의 아름다움이 존중받는 곳이라면,

당연히 더 다양한 음악들이 태어날 것이다.

그러니 음악은, 세로가 아닌 가로로 놓여야 한다.

가 아닌 가로로 놓여 있어야 합니다"라니. 그러고 보니 우리는 늘 노래를 세로로 놓았었구나. 노래에 세로가, 1등과 100등이 어울리는 잣대인가? BTS의 세계 1위도 나를 으쓱하게 하지만, 혁오의 감성은 또 얼마나 매력적인가. 이적과 새소년과 검정치마와 그레고리 포터와 핑크 마티니를 나는 줄 세울 수 있을까?

각각의 노래엔 각각의 매력이 있다. 순위가 아니라 곡 하나하나의 아름다움이 존중받는 곳이라면, 당연히 더 다양한 음악들이 태어날 것이다. 그러니 음악은, 세로가 아닌 가로로 놓여야 한다. 나는 우리나라 대중음악계에서 중요한 역할을 하는 이의 입에서 저런 문장이 나왔다는 사실에 약간의 안도감을 느꼈다.

순전히 개인적인 취향이지만, 인기의 크기와 상관없이 완벽한 '자기'가 있는 뮤지션을 보면 취향을 떠나 응원의 마음이 든다. 몇 년 전 'K팝스타'라는 오디션 프로그램에서 안예은이란 뮤지션이 나타났을 때를 기억한다. 스물네 살의 싱어송라이터는 미래의 K-POP 스타를 뽑는 오디션에 나와 연산군의 마음을 담았다는 '홍연'이란 노래를 불렀다. 묘하게 사극이 떠오르는 멜로디와 독특한 창법. 딱 봐도 좋은 점수를 받기 힘든 노래였다. 세 명의 심사위원 중 두 명이 이미 불합격 판정을 주고, 이제 세 번째 심사위원의 차례. 그녀는 탈락이 확정된 상황에서 기사회생하는데(많은 오디션 프로그램이 그렇듯 'K팝스타'는 세 명의 심사위원 중 두 명 이상의 합격점을 받아야 다음 라운드로 진출할 수 있었다), 마지막 심사위원이었던 유희열이 와일드카드라는 특별권한을 써서 그녀를 합격시킨 것이다. 유희열은 말했다. 이런 가수가 우리나라엔 아직 없다고, 그녀의 무대를 한 번만 더 보고 싶다고.

이후의 결과는 많은 분들이 아시는 대로다. 안예은은 대국민투표로 진행되는 결승전까지 살아남아 매주 아름다운 자작곡들을 선보였다. 당시 나는 그 오디션 프로그램의 애청자였는데, '미스터 미스터리(Mr. Mystery)'라는 곡을 듣고는 바로 그녀의 팬이 되어버렸다. 첩보원이 아닐까 의심되는 옆집 남자에 대한 곡이었는데, 노래의 간주 부분에서 007 음악의 유명한 시퀀스를 살짝 집어넣는 센스가 내 취향을 저격한 것이다. 그날 유희열의 심사평 또한 아름다웠다.

"예은씨는 이상한 게 아니라 특별한 거예요."

그 무대 이후로 나는 플레이리스트에 안예은의 음악을

넣어두고 새 앨범이 나오면 들어보며 응원의 마음으로 지켜보고 있다. 그녀가 발표하는 음악들을 들어보면, 가사도 창법도, 다른 누구도 아닌 그냥 안예은이다. 그녀가 그냥 하나의 장르처럼 느껴진다. 음악을 세로로 세우는 프로그램이 아니었다면 그녀가 발견되어질 수 없었다는 사실은 아이러니하지만, 덕분에 우리는 가로로 놓여 음악계를 풍성하게 하는 뮤지션을 한 명 얻게 되었다.

요즘은 개별성의 매력에 대해 자주 생각한다. 그래서일까? 요즘은 단점이 없는 사람보다 강점이 명확한 사람이 점점 더 좋아진다. 거대하고 결점이 없는 브랜드보다, 작지만 대체 불가한 브랜드가 더 사랑스럽고 그것에 더 마음이 간다. 그런데 생각해보면, 이것이 단지 나만의 취향은 아닌 것 같다.

요즘 특별히 사랑받는 것들의 공통점은 무엇일까? 우리는 어떤 이유로 어떤 것과 사랑에 빠질까? 흠잡을 데가 없어서? 두루 마음에 들어서? 그런 이유로 무엇에 관심이 생길 수는 있지만, 사랑에 빠지기란 쉽지 않다. 사랑에 빠지게 만드는 건 개별성이다. 그것이 완벽해서가 아니라, 단점이 없지는 않지만 '그럼에도 불구하고' 오직 그것만이 줄 수 있는 매력이 있어서 사랑은 시작된다. 그것은 연인에게도, 브랜드에도, 기업에도 적용된다. 강력한 팬덤은, '대체 불가함'에서 시작된다. 약점이 없어서가 아니라, 대체할 수 없어서.

이것이 시대의 흐름이라면, 앞으로는 '자기'가 뚜렷한 사람이 더 사랑받고, 주목받을 것이다. 다르다고 손가락질 받는 일보다는, 달라서 주목받는 일도 더 늘어날 것이다. 그러니 앞으로 우리는, 우리 안의 개별성을 조금 더 들여다봐도 좋겠다. 세로로 놓았을 때의 순위에 너무 집착하지 말고, 가로로 놓였을 때 나는 남들과 무엇이 다를지를 생각해볼 일이다. 약점을 부끄러워하며 뒤로 물러설 시간에, 나의 강점은 무엇인가를 한번 고민해볼 일이다. 그리고 그것을 더 강하게 만들 일이다.

나는 완벽하지 않지만,
그 무엇도 나를 대체할 수 없는 날이 올 때까지.

언더독

요즘, 아들 재이가 푹 빠진 애니메이션은 '검볼'(정확한 제목은 'The Amazing World of Gumball')이다. 매일같이 똑같은 만화를 보고 있길래 대체 무슨 만화인가 살펴보니 나도 처음 보는 미국 애니메이션이었다. 그런데 가만히 같이 보고 있으니 은근히 재미있어서 나도 심심하면 재이 옆에서 이 만화를 보는 중이다.

'검볼'은 설정부터 굉장히 독특하다. 다른 애니메이션에서 조연급으로 쓰이려고 구상되었다가 버려진 캐릭터들을 모아 만화를 만들어보자는 것이 감독의 초기 구상이었다고 한다. 그래서인지 등장인물들이 예사롭지 않다. 주인공 검볼은 공부도 운동도 그 무엇도 평균 이하인 고양이이다. 그의 절친은 애완용으로 키우던 금붕어(!)인데, 언젠가부터 진화를 시작해서 팔과 다리가 생기자 검볼과 학교를 같이 다니게 되었고, 이름은 무려 '다윈'이다. 검볼의 아빠는 전업주부인 토끼이고 엄마는 슈퍼 히어로급 무술 실력을 가진 고양이이며, 늘 어리다고 무시받는 막내 아나이스는 사실 가족 구성원들과는 비교도 안 되는 두뇌를 가진 천재이다. 버려진 캐릭터들이 모여 있다는 설정답게, 조연들도 범상치 않다. 검볼의 같은 반 친구 티라노사우르스 '티나'는 사실 피아노를 치고 싶어 한다. (그러나 우리 모두가 알다시피 팔이 짧다.) 만화 중간에 거대한 발이 가끔 등장하는데 그건 같은 반 친구인 거인이 너무 커서 화면에 담기지 않기 때문이다. 앨런이라는 풍선 캐릭터가 좋아하는 여자 친구는 선인장(!)이다.

한 편 두 편 보다가 나도 팬이 되었는데, 메이저 취향의 만화가 아닌 건 분명하지만 그렇다고 정말 소수만 좋아하는 애니메이션도 아닌 듯하다. 2011년 방영을 시작한 '검볼'은 시즌 6까지 이어졌고, 2019년엔 넷플릭스에도 공개되었다. 대단하고 멋진 주인공이 아니라 뭔가 부족하고 약점이 분명한 캐릭터들이 사랑받기 시작하는 건 세계적인 현상이라는 생각도 드는데, 슈퍼맨처럼 극강의 히어로가 대부분이던 나의 어린 시절과 비교해보면 요즘 사랑받는 캐릭터들은 마블의 '가디언즈 오브 갤럭시' 속의 등장인물들처럼 뭔가 하나씩 나사가 빠진 인물들이다.

아시는 분들은 아시겠지만 우리가 카톡에서 흔히 보는 이모티콘—카카오 프렌즈—속에도 재미있는 설정이 숨어 있다. 카톡 캐릭터 중 가장 사랑받는 '라이언'은 누가 봐도 곰이지만, 사실은 갈기 없는 수사자이다. '왜 곰을 라이언이라 부르지? 그냥 영어 이름인가?' 싶었는데 사연을 듣고 보니 정말 곰이 아니라 사자였다. 모두가 토끼라고 오해하는 노란 얼굴의 캐릭터 이름은 '무지'인데, 무지는 토끼 귀가 달린 옷을 입고 있는 '단무지'이다. 오리 '튜브'는 작은 발이 콤플렉스라서 커다란 오리발을 신고 다니는 친구다.

생각해보면 그 어느 때보다 세상은 메이저보다 마이너, 챔피언보다 언더독을 사랑하는 것으로 보인다. 사전적 의미의 언더독은 개싸움에서 밑에 깔린 개underdog인데, 스포츠에서 이길 확률이 적은 팀이나 선수, 선거나 경쟁에서 명백히 질 것으로 예측되는 사람을 말한다. 언더독이라고 다 사랑을 받는 것은 아니지만, 어떤 이유로 일단 사랑받기 시작하는 언더독들은 같은 카테고리 내에서의 다른 플레이어들보다 더 깊은 사랑을 받는 듯하다. 당연하다. 그게 현실의 우리와 더 가까우니까. 오늘 우리는 대부분 어떤 의미에서 도전자들이다. 경쟁이 거의 모든 영역에서 벌어지는 데다, 남과 나를 비교하기 더없이 쉬운 환경에서 사는 우리는 그 어느 시대보다 결핍을 느끼며 살아가지 않나. 예전 같으면 충분히 잘 살고 있다고 느낄 사람도, SNS에 전시된 남들을 보면 영 부족해 보인다. 비교할 '남들'이 너무나 많아졌고, 그 '남들'을 발견하기도 너무나 쉬워졌다. 모든 것과 당신을 이어주는 스마트폰 덕분에.

그래서 요즘 우리는 가장 풍족한 시대에 좀처럼 채워지지 않는 결핍을 느끼며 사는 중이다. 그래서 언더독의 위치에 선 사람들, 브랜드들에게 감정을 더 잘 이입하는 것 같다. 그들이 나와 더 닮았다고 느끼니까. 가끔 눈에 띄는 언더독들의 반란은 내게 대리만족이 되니까. 광고를 만들다 보니 이런 도전자의 뉘앙스를 영리하게 활용하는 브랜드들을 자주 만난다. 애플은 기본적으로 도전자의 톤을 지향하는 것으로 보인다. 그것은 애플의 태생, 매킨토시가 애초에 IBM이라는 공룡에 대항하는 브랜드로 태어났기 때문일 것이다. 광고인들에게 전설로 회자되는 애플의 '1984' 광고는 조지 오웰의 소설 『1984』를 모티브로 만들어졌는데, 광고에서 주인공은 아마도 IBM으로 상징되는 거대 권력(빅 브라더)에게 쫓기다가 마지막 장면에서 해머를 던져 상대의 심장부를 부순다.

사실 요즘의 애플은 혁신의 아이콘이며, 도전자라기보다는 챔피언의 자리에 가깝다. 하지만 계속해서 약간 비주류스러운 뉘앙스를 놓치지 않는다. 애플은 (내가 담당해본 적은 없지만) TBWA의 오랜 클라이언트라서 늘 관심 있게 지켜보고 있는데, 그들은 같은 크리에이터가 질투심을 느낄 정도로 음악을 잘 고르지만, 결코 광고음악을 주류의 슈퍼스타의 곡에서 고르는 법이 없다. 퀸이 다시 유행한다고, BTS가 빌보드 차트를 점령한다고 그들의 음악을 쓰는 경우는 없다. 매력적이지만 완벽히 유명해지지는 않은, 아직은 챔피언의 자리에 오르기 전의 뮤지션의 곡들을 늘 광고음악으로 활용한다.

나이키에서도 나는 비슷한 인상을 받는다. 세계 최고의 스포츠 브랜드지만, 나이키의 광고를 떠올리며 우리가 연상하는 이미지는 오히려 도전자, 그리고 비주류의 편에 선 모습이다. 예전의 나이키는 마이클 조던이나 타이거 우즈 같은 완벽한 슈퍼스타들에 의지했지만, 이제는 그 양상이 조금 달라진 것 같다. 몇 년 전 나이키는 미식축구 선수 콜린 캐퍼닉을 모델로 썼는데, 그는 인종 차별과 경찰의 과잉 진압에 항의하여 경기 전 미국 국가가 울릴 때 한쪽 무릎을 꿇는 퍼포먼스를 했다. 일부 사람들은 스포츠 경기에서 정치적인 행동을 한 선수를 모델로 쓴 나이키에 항의하며 운동화를 불태우는 영상을 SNS에 올리기도 했지만, 온라인 매출은 31퍼센트나 상승했다고 한다. 더 많은 사람들이, 약자의 편에 선 나이키를 사랑한 것이다. 좋은 카피를 보면 적어놓는 버릇을 가진 나는 그해 나이키 캠페인의 문장을 필사해두었다.

So if they wanna call you crazy.

만일 누군가 당신을 미쳤다고 한다면,

Fine.

좋아.

Show them what crazy can do.

그들에게 미친 사람이 뭘 할 수 있는지를 보여줘.

It's only crazy until you do it.

그것은 미친 짓이겠지. 당신이 해내기 전까지는.

Just do it.

그 어느 시기보다 좌절하는 이들이 많은 요즘, 아마도 사람들은 도전자의 편에 선 메시지를 더 사랑할 듯하다. 완벽하지 않은 것을 숨기려 하지 않고, 완벽하지 않은 이들을 응원하는 이야기들 말이다. 이미 성취한 브랜드라도, 도전자의 뉘앙스를 영리하게 써볼 일이다. 세상엔 한 줌의 승리자보다, 도전자가 훨씬 더 많으니까.

봉준호

"단군 이래 최초로, 우리나라가 전 세계의 스포트라이트를 받는 시기가 바로 요즘 아닐까."

얼마 전 회의실에서, 나의 오랜 스승인 박웅현 CD님께서 흥미로운 이야기를 들려주셨다. 듣고 보니 그렇다. 반도라는 지정학적 위치 때문에 늘 주변 강대국들의 눈치를 봐야 했다는 바로 그 나라에, 세상의 시선이 모이고 있다. 전 세계가 K로 시작하는 단어들—K팝, K드라마, K푸드—에 열광하고 있다는 뉴스를 보면, '솔직히 좀 오버 아닌가. 팔이 좀 많이 안으로 굽은 해석 아닌가' 민망해하던 나지만, 이제는 나도 조금씩 인정하는 중이다. 우리도 꽤 괜찮네. 우리도 꽤 잘하네.

사실 나는 내가 사는 나라에 대한 자존감이 그리 높은 편이 아니었다. 생각이 바뀐 첫 번째 계기는 영국에 있을 때 찾아왔다. 2000년대 초반, 석사학위를 따기 위해 2년 동안 영국에 있었는데, 내가 다닌 학교의 강의실은 특이하게도 영국인보다 전 세계에서 모인 학생들이 훨씬 많았다. 말하자면 세계를 아주 작게 축소해놓은 표본이었던 셈이다. 마케팅 수업 시간에 교수님이 IT 산업의 미래에 대해 이야기하면서 IT 인프라가 가장 잘 구축된 나라를 물었는데, 꽤 많은 학생들이 곧바로 'South Korea'라고 대답했다. 순간 나는 귀를 위심했다. '정말? 얘네들이 그걸 알고 있다고?' 그러나 마음 깊은 곳에서 뿌듯함이 올라오는 소리를 못 들은 척할 순 없었다. '진짜? 우리가 존재감이 있어?'

그리고 해를 거듭할수록, 해외에서 한국의 존재감이 조금씩 커지고 있다는 사실을 느낄 수 있었다. 국제광고제를 가서 다른 나라, 특히 아시아권 광고인들을 만나거나, 여행을 가서 상대에게 한국인이라 말하면 그들의 표정 속에서 호기심이 피어나는 모습을 더 자주 보게 되었다. 외국계 광고회사를 다니면서 글로벌 네트워크의 동료들과 대화할 기회가 있었는데, 유럽이나 남미 친구들을 만나면—아직 일본 정도의 존재감은 아니지만—생각보다 우리나라에 대해 많이 알고 있다는 느낌을 받는다.

그러다 싸이와 BTS와 봉준호가 방점을 찍었다. 그들의 성취를 보며 나는, 적어도 문화적인 측면에서는 우리가 꽤 목소리를 내고 있는 나라라는 생각을 하게 되었다. 당신은 반문할지 모른다. 싸이와 BTS와 봉준호라는 개인의 성취를 어째서 한 사회가 자랑스러워해야 하는가. 빌보드 차트 1위와 아카데미 작품상 수상은 그저 천재적인 개인의 성취 아닌가. 맞는 얘기다. 그러나 영화나 엔터테인먼트 영역은 순수예술과 달리 시스템의 힘이 필수인 '산업'이라는 점을 생각하면, 그들이 '천재'인 것은 맞을지 몰라도 그 성취가 오로지 '개인'의 힘 때문만은 아닐 것이다. 이 멋진 소식들은 분명, 우리 사회의 문화적인 기초체력을 보여주고 있다.

코로나가 본격적으로 위세를 떨치기 전, 우리는 봉준호의 성취에 열광했다. 그는 너무나 매력적인 결과물을 내놓음과 동시에 너무도 당당하게 그동안의 문화산업의 주도권이—그 결과물의 질적 차이와 상관없이—서양을 중심으로 한 주류에 있었음을 이야기했다. 그가 쓰는 단어와 문장들을 보면 웬만한 카피라이터들의 그것보다 훨씬 강렬한데, 아마 당신도 다음의 문장을 들어보았을 것이다.

'The Oscars are not an international film festival.
They're very local.'
오스카는 국제영화제가 아니다.
(어떤 의미에서) 로컬영화제다.

누구나 가장 세계적인 영화제라 생각하는 아카데미 영화제를 두고 로컬이라니. 영화라는 거대한 무대 위에서 오직 영어를 쓰는 특정 집단의 작품만이 스포트라이트를 받던 상황을 비판하는 말일 텐데, 뼈가 있는 말일지라도 위트가 넘치니 거부감이 없다. 비슷한 맥락에서 그는, "1인치밖에 안 되는 자막의 장벽을 넘으면, 여러분들은 훨씬 더 많은 좋은 영화를 즐길 수 있다"라는 인터뷰를 한다. 자신의 작품에 대한 강력한 자존감이 느껴진다.

그의 자존감을 가장 매력적으로 표현한 문장을 나는 샌드라 오의 인터뷰에서 발견했다. 샌드라 오는 자신이 주연을 맡은 영국 드라마 '킬링 이브' 시즌 3의 한국 방영에 맞춰 샤론 최(봉준호 감독의 통역을 맡아 유명해진 차세대 영화감독)와 화상 인터뷰를 했는데, 여기서 굉장히 인상적인 이야기를 들려주었다. 오스카 시상식 무대에서 봉 감독의 수상 장면을 지켜봤던 그녀는, 그의 수상 소감을 현장에서 직접 들으며 이런 느낌을 받았다고 했다.

'He doesn't feel any less about himself.'

그는 자기가 부족하다고 생각하지 않았다.

세상에. 필 레스feel less라니. 어떻게 저렇게 절묘한 표현을 찾았을까. 나도 살면서 몇 번 그런 감정을 느껴본 적이 있다. 샌드라 오도 마찬가지였나 보다. 인종 차별이 여전히 존재하는 곳에서 활동하는 그녀는, 세계적인 스타임에도 불구하고 자신이 메이저가 아님을, 중요한 역할을 맡고 있어도 결국 작품 속의 마이너리티임을 마음 깊은 곳에서 의식하고 있었던 것 같다. 그것이 아마도 '필 레스'의 감정이었을 것이다. 그리고 가장 높은 무대의 가장 빛나는 자리에 선 한 감독이, 자신이 마이너리티 출신이라는, 또는 기어이 메이저에 입성했다는 어떠한 인식조차 없이 그저 자신의 작품으로 말하고 존재하는 모습에 깊은 영감을 받은 것 같다.

'필 레스'라는 표현은 내게도 굉장히 인상적이었다. 생각해보니 런던에 있을 때 나는 늘 '필 레스'였다. 영어로 상대와 충분히 의사소통을 할 수 없어 늘 '쏘리'였다. 내가 그들보다 생각의 크기는 더 우위에 있을 수도 있었을 텐데, 런던에 있는 동안 나는 한 번도 그런 생각을 해보지 못했다.

하지만 봉준호는 보여주었다. 꼭 주류를 따라 하지 않아도, '필 레스'라는 감정 없이도 자신에게 충분히 매력적인 요소들이 있다는 것을. 그의 자존감은 내게 용기를 주었다. 게다가 나를 가슴 뛰게 했던 건 그가 주 52시간을 정확히 지키면서 영화 '기생충'을 찍었다는 소식이었다. 동양 사람들의 장점이라 생각하던 극단적인 근면성의 투입이 아니라, 나와 동료들을 갈아 넣는 '노오력'의 결과가 아니라, 온전히 생각의 힘과 합리적인 시스템의 힘으로 저 성취를 이뤘다니. '나는 부족하니까 더 열심히 해야 해'가 아니라, '나와 내 주위의 시스템은 충분히 훌륭하니까, 지킬 것을 지키면서 가장 효율적인 답을 찾겠어'라는 태도가 읽히지 않는가. 멋지지 않은가.

'나는 부족하니까 더 열심히 해야 해'가 아니라,

'나와 내 주위의 시스템은 충분히 훌륭하니까,

지킬 것을 지키면서 가장 효율적인 답을 찾겠어'라는

태도가 읽히지 않는가. 멋지지 않은가.

늘 우리보다 앞서 있다고 생각했던 미국과 일본과 유럽이 코로나라는 전대미문의 위기 앞에 우왕좌왕하는 모습은 충격이었다. 상대적으로 이 위기를 잘 헤쳐나가고 있는 우리의 모습을 보면서, 나는 오랫동안 내 안에 쌓인 '우'와 '열'에 대한 인식에 금이 가는 것을 느낀다. 요즘 나는 생각하는 중이다. 꼭 저기가 답이 아니구나. 반드시 저기를 따라 할 이유가 없구나. 우리는 필요 이상으로 우리를 작게 생각해왔는지도 모르겠구나. 흔히 말하는 '국뽕'이라는 감정이 얼마나 위험한지, 그것이 얼마나 쉽게 '차별'로 이어질 수 있는지를 우리는 늘 경계해야 한다. 그러나 이제는 우리를 옥죄던 '필 레스'의 감정에서 빠져나올 때가 되었다.

스티브 잡스가 죽고 가장 슬퍼한 회사는 한국의 기업들이라는 우스갯소리가 있다. '이제는 누구를 따라 해야 할지 몰라서'라고 했다. 늘 남의 뒤통수를 보며 최선을 다해 따라가는 것에 익숙하던 우리가, 이제는 지도에 없던 경로를 만들어야 하는 위치에 서 있다. 앞으로 우리는 전보다 턱을 살짝 들고, 다만 조금 더 무거워진 어깨로 세상을 만나게 되지 않을까. 봉준호가 보여주었고, 코로나 이후의 날들이 확인시켜주었다.

진정성

코로나 이후, 우리에게 생긴 변화 중 하나. '감정의 범퍼'가 얇아졌다.

사람들은 예전보다 더 자주, 더 격렬하게 분노한다. 예전 같으면 조금 더 지켜볼 수 있었던 일들을, 더 이상 견뎌내지 못한다. 그리고 그 감정을 빨리 퍼뜨린다. 우리 모두에겐 밖에서 오는 감정적인 충격을 흡수해주고, 진짜 속마음을 드러내는 시간을 지연시켜주는 '범퍼'가 있었는데, 그것이 아주 얇아진 것만 같다.

무엇이 우리를 달라지게 했을까. 나는 그것이, '생명이 오가는 평소' 때문 같다. 우리는 한 번도 이런 매일을 살아본

적이 없다. 젊건 나이 들건 상관없이, 누구나 자신의 실수와 상관없이 그저 운이 나쁘다는 이유로 죽음에 이를 수 있다. 하필 그 식당에 가서 마스크를 내리고 밥을 먹어서. 하필 그 지하철 그 칸에 타서. 하필 그 엘리베이터 버튼을 눌러서. 사실 죽음의 두려움보다 더 큰 것은 이 불행을 사랑하는 사람들—내 아이나, 내 부모나, 아끼는 동료들—에게 내 손으로 옮길 수도 있다는 감정이다. 병에 걸리고, 교통사고를 당하면 내가 고통받지만, 코로나는 경우가 다르다. 본능적인 두려움에 사회적인 두려움이 더해진다. 처음 겪는 두려움이다.

그러니 우리는 타인의 행동에 전보다 더 신경을 곤두세운다. 저 사람이 내린 마스크가 나에게 직접적인 위험이 될 수 있으니까. 아무리 친한 친구, 존경하는 사람이라도, 그가 남인 이상 내게 바이러스를 옮길 수 있다는 감정을 무시할 수는 없다. 이런 분위기 속에서, 우리는 남들의 반칙에, 거짓말에 예전보다 훨씬 쉽게 분노하는 것 같다. 모른 척 넘길 마음의 여유가 없으니까. 그리고 그 감정을 어느 때보다 쉽게 퍼뜨린다. 오늘의 우리에겐 스마트폰이라는 카메라와 SNS라는 방송국이 있으니까.

진정성은 진지함과는 다른 말이다.

진지함이 자신의 생각을 꺼내는 '방식'이라면

진정성은 자신의 생각을 세상에 증명하는 '태도'이다.

이런 시대일수록, 우리가 주의 깊게 들여다봐야 할 단어는 '진정성' 아닐까. 누군가 내게 진정성에 대해 묻는다면 나는 이렇게 대답해주고 싶다.

1.

개인에게든, 브랜드에게든 진정성은 좋은 무기가 될 것이다. 하루하루가 다른 마케팅의 현장에서 기업과 소비자들의 변화를 지켜보고 있다 보니, 진정성에 대한 사람들의 시선이 많이 달라졌다는 것을 느낀다. 진정성을 담은 메시지가 폄하되던 시기가 있었다. 진정성 있는 메시지는 쉽게 '노잼이네', '선비네' 같은 반응을 얻었다. 어린 세대일수록 정도는 심했다. 하지만 요즘은 MZ세대들도 진정성에 대해 조금 다르게 반응하고 있다. 확실한 진정성이 느껴지면 '쿨하다'라는 반응을 보인다.

2.

진정성은 진지함과는 다른 말이다. 진지함이 자신의 생각을 꺼내는 '방식'이라면 진정성은 자신의 생각을 세상에 증명하는 '태도'이다. 실은 그래서 더 갖추기 어려운 것이 진정성이다. 진지함은 흉내 낼 수 있지만, 진정성은 있는 '척'해봐야 금방 티가 나니까. 멋진 사람과 멋져 보이고 싶어 하는 사람은 몇 번의 대화로 바로 구별할 수 있는 것처럼.

3.

반칙과 거짓말에 대한 분노. 그 잣대를 우리는 사람과 사람 사이뿐만 아니라 브랜드에도 똑같이 적용시키는 듯하다. 기업의 갑질을 발견하면, 혹은 그 반대의 행동을 인지하면 큰 목소리로 알린다. 여기에 더해서, 제품 그 자체만이 아니라 제품이 만들어지는 과정도 궁금해한다. 자신이 옳다고 믿는 가치를 브랜드도 동의하는지를 확인한다. 이제 우리는 기업을 우리와 똑같은 '사람'으로 보는 것 같다. 로고와 서류 더미와 콘크리트 상자가 아니라 오뚜기라는 이름의 사람. 애플이라는 이름의 사람.

4.

한 사람을 알게 되고, 그와 마주치거나 엮일 일이 많아지면, 우리는 본능적으로 저 사람에게 내가 얼마나 가까이 다가갈 수 있는지를 알기 위해 시간과 노력을 기울인다. 어떤 단어를 쓰는지. 어떤 질문을 하는지. 어떤 행동은 하지 않는지. (나는 그 사람이 어떤 행동을 하지 않느냐가 그 사람의 가장 중요한 부분을 말해준다고 생각한다.) 그렇지 않은가. 설령 내가 그 또는 그녀의 멋진 프사(프로필 사진)에 반했더라도, 오랫동안 만날 사람이라는 확신을 가지려면 어떻게 하나? 당연히 대화해보고, 관찰을 한다. 자기보다 불리한 위치에 있는 사람에게 어떻게 대하는지. 아이들이 만든 눈사람을 발로 차면서, "왜 어차피 녹을 거잖아"라며 킥킥댄다면 나는 그를 견딜 수 있을지. 진정성은 보인다고 보여지는 것이 아니다. 평소의 태도 속에 숨어 있다가 의식하지 못하는 순간에 모습을 드러낸다.

5.

진정성의 핵심은 '누적'이다. 계속해서 진정성이 엿보일 때 사람들은 비로소 그의 진정성을 의심하지 않고 받아들이며, 진짜 애정은 그때부터 시작되기 때문이다. 그러니 진정성의 시작은 '꾸준함'이다. 적어도 진정성에 관한 한, 사람들은 실수를 용납하지 않는다. '내돈내산(내 돈 주고 내가 산 제품)'이라며 올린 화장품 리뷰가 사실 기업의 협찬을 받은 광고였음이 드러난 유명인을 떠올려보자. '저 사람의 말은 진짜'라서 사랑받았다면, 그 사람의 말이 가짜일 때 분노는 훨씬 크고 거세다.

6.

당신, 또는 당신의 브랜드가 한 분야에서 진정성을 보여주고 싶다면, 가장 먼저 해야 할 일은 내가 왜 그것을 잘해내고 싶은지를 진지하게 고민하는 일이다. 내 마음을 움직이는 것의 본질은 무엇인지. 그걸 나는 왜 이다지도 사랑하며, 왜 그렇게 잘하고 싶은지. 그 가치를 나는 왜 지키고 싶고, 밖으로 전하고 싶은지. 진정성은 끊임없는 질문에서 오고, 그 답을 꾸준히 외부로 내보내는 과정에서 온다.

7.

뉴닉newneek이란 뉴스 서비스의 팬이다. '밀레니얼을 위한 시사 뉴스레터' 뉴닉은 일주일에 세 번, 세상의 뉴스를 꼭꼭 씹어 소화하기 좋은 상태로 만들어 이메일로 보내주는데, 복잡한 이슈도 이해하기 쉽게 설명해주고, 무엇보다 재미있다. 뉴닉에 들러 지난 기사를 보다가 우연히 스스로를 정의한 재미있는 문장을 발견했다.

'뉴닉은 힙, 재미, 진정성을 추구합니다.'

힙과 재미 사이에 진정성이란 단어가 들어 있다니! 뉴닉은 구성원들도 대부분 밀레니얼들이라 들었는데, 진정성 있는 메시지를 힙하고도 재미있게 전달하겠다는 쉽지 않은 포부를 실제로 달성해가는 모습을 보면 멋지다는 생각이 든다. 진정성은 이제 선비나 꼰대들의 단어가 아니라 모두가 추구하고 싶은 단어가 되어가고 있다. 많은 이들이 그 어느 때보다 쉽게 의심하고, 신경을 곤두세우며, 자신만의 성 뒤에 숨어 지내는 지금, 그 벽의 문을 열 열쇠는 아마도 진정성이라고 생각한다.

4부

우리는 어떻게 단련해야 할까?

겹눈

'SNS는 인생의 낭비다.'

영국의 명문 축구팀 맨체스터 유나이티드의 전설적인 감독 알렉스 퍼거슨이 남긴 말이다. 인터넷에서는 이 말을 줄여 '스인낭'이라고도 한다. 원문은 '트위터는 인생의 낭비다'이니 다른 SNS를 싸잡아 매도하는 것은 억울하다는 '트위터 분리파'와, 퍼거슨 감독의 인터뷰 원문을 분석하여 실제로 그는 '트위터'나 'SNS', '인생의 낭비'라는 단어를 쓰지 않았으며 한국어로 번역되는 과정에서 극적으로 조망되었을 뿐이라는 '진리 추구파'들도 존재한다.

그러나 진실이 어느 너머에 있든, 'SNS는 인생의 낭비다'라는 문장은 특유의 시니컬한 단호함으로 한국인의 머릿

속에 각인되어 지금 이 시간에도 인터넷에서 댓글의 형태로 맹활약 중이다. 필요 이상으로 SNS에 정보를 올려 화를 자초하는 이들의 댓글창에서 심심치 않게 볼 수 있는 '스인낭, 그것은 인생의 진리', 또는 '퍼거슨 의문의 1승' 같은 댓글들의 뿌리는, 쉽게 그리고 광범위하게 적용 가능한 저 강렬한 문장에 있다. 'SNS는 인생의 낭비다.'

고백하자면 나는 '스인낭파'였다. 명색이 광고 만드는 사람이니 미디어를 이해하기 위해 페이스북을 깔고 가끔씩 열어보곤 했지만, 저렇게까지 시시콜콜한 정보를 왜 SNS에 올리는지는 잘 이해가 되지 않았다. 오히려 그들이 발신하는 정보들을 나는 걱정했던 것인데, '아… 나의 지인들아. 이런 글들은 개인정보를 너무 쉽게 내주는 것 아닌가. 아… 후배야. 그런 사진 페북에 올리면 흑역사로 남기 딱 좋아.'

그러다 인스타그램 계정을 오픈하고 아주 띄엄띄엄이지만 글을 올리게 된 건 순전히 출판사의 요청 때문이었다. "선생님, 인스타그램 하셔야 해요. 요즘은 그래야 책이 팔려요(출판사에선 작가의 직업과 상관없이 호칭을 '선생님'이라 부른다. 첫 책을 쓴 2017년의 나는 그 단어가 영 익숙지 않아 "저 선생님 아니에요. 그렇게 대단한 사람 아니에요"라고 강하게 손사래를 쳐 출판사 관계자분들을 당황하게 만들었다)"라는 강한 권유에, 순전히 책을 팔겠다는 순수한(?) 의도로 글을 올렸던 것이다. 그런데, 흥미로운 일들이 벌어졌다.

대구의 여고생들이 카피라이터의 세계를 인터뷰하고 싶다고 연락이 왔다. 오랫동안 팬심으로 방문하던 프릳츠라는 카페의 멤버들이 내 책을 좋아하고 있다는 포스팅을 보게 됐고, 서로 연락이 닿아 그곳의 바리스타, 제빵사 분들 앞에서 강의를 하는 일도 생겼다. 같은 회사도 아닌, 함께 일한 적도 없는 곳곳의 카피라이터 후배들에게서 고민을 꾹꾹 눌러 담은 다이렉트 메시지가 도착했다. 광고와는 비슷한 듯 다른, 생각의 힘으로 하루하루를 살아가는 아티스트 분들과 응원을 주고, 받게 되었다.

말하자면 나라는 사람은 똑같은데 단지 채널이 하나 늘어났다는 사실만으로도 내가 가닿을 수 있는 영역은 비할 바 없이 늘어난 것이다. SNS의 능력에 당황한 나는, 여전히 'SNS 생산자'의 측면에서는 매우 게으른 유저지만, '콘텐츠 소비자'의 입장에서는 나름대로 부지런한 흡수자로 활약하고 있다. SNS는 틈틈이 내게 알려주었다. 요즘 뜨는 가게. 내

SNS는 틈틈이 내게 알려주었다.

요즘 뜨는 가게. 내가 놓친 전시.

최근 급격히 사람들이 사랑하는 것. 분노하는 것.

그러다 문득 이런 생각이 들었다.

SNS는 이 시대의 '겹눈' 같은 것 아닐까?

가 놓친 전시. 최근 급격히 사람들이 사랑하는 것. 분노하는 것. 그러다 문득 이런 생각이 들었다.

SNS는 이 시대의 '겹눈' 같은 것 아닐까?

겹눈은 잠자리 같은 곤충이나 갑각류가 가진 눈이다. 인간의 눈과는 구조부터 근본적으로 다르다. 사람의 눈이 두 개의 렌즈로 외부환경을 파악한다면, 겹눈은 수천수만 개의 렌즈가 동시에 여러 곳을 보고 있는 구조이다. 잠자리는 3만 개 정도의 '낱눈'에 맺힌 이미지를 조합하여 세상을 인식하는데, 정면을 기준으로 눈동자가 굴러가는 각도의 이미지만 파악할 수 있는 인간의 눈에 비해 시야각이 월등하게 넓고, 특히 움직임을 감지하는 것에 강하다고 한다.

움직임에 강한 겹눈이라니.

딱 지금의 우리에게 필요한 능력 아닐까. 우리는 우리 앞에 벌어지는 일들의 일부만 파악하는 것도 쉽지 않은 시대를 살고 있다. 너무나 많은 이벤트들이 동시다발적으로 벌어지는 데다가, 뭔가를 이해하려고 노력하는 시간에, 이미 그것은 지나가버리기 일쑤이니까. 아무리 감이 좋은 마케터라 해도 현상을 온전히 파악하기란 불가능하다. 그러니 심도 깊은 이해는 그 영역의 전문가에게 맡겨두고, 대강의 흐름을 파악해두는 것이 중요할 것이다. 맥락을 파악하고 있다면, 각론으로 들어가는 건 훨씬 쉽고 빠르니까.

시대의 흐름이 중요한 사람들에게 SNS는 훌륭한 '곁눈' 노릇을 해줄 수 있다. 오늘도 인스타그램과 페이스북에는 무수히 많은 상들이 맺히는 중이다. 하나하나의 이미지에 지나치게 집착하지는 않되, 어떤 일이 벌어지고 있는지를 곁눈에 맺힌 상을 바라보듯 보면 어떨까. 요즘 사람들은 무얼 먹는지. 사람들이 좋아한다고 올린 가게의 간판은 어떤 서체를 쓰는지. 2020년 추석 연휴의 포스팅은 왜 온통 나훈아의 '테스'였는지. 사람들은 그 퍼포먼스의 어떤 부분에 열광했는지. 요즘 뜨는 가게의 컬러 조합은 어떤지. 그렇다면, 나는 어떤 컬러 조합을 피해야 하는지. 내가 미처 바라보지 못한 세상을, 내가 닿지 못하는 곳에서 전해주는 쏠쏠한 낱눈 수만 개를 곁에 두는 것이다.

무수한 낱눈들이 실어다 주는 정보 중에서도 요즘 내가 흥미롭게 보는 건, 문장과 단어들이다. 감이 좋은 친구들이 쓰는 문장들을 보면, 이 시대가 원하는 뉘앙스가 무엇인지 윤곽이 그려진다. SNS라는 곁눈을 통해 내가 파악한, '오늘'

의 뉘앙스는 이런 것이다. 일방적인 주입이나 지나친 자랑은 별로야. 갑자기 정치적인 의견이 세게 들어오는 건 부담스러워(그러나 개개인의 정치성은 존중해). 멋있는 건 좋지만 멋있어 보이려고 하는 건 구려. 차별의 뉘앙스를 아무렇지 않게 글에 넣는 사람과는 얼른 '손절'하는 게 낫겠어.

다만 잊지 말아야 할 것은, 인스타그램과 페이스북을 통해 나의 곁눈이 되어주는 사람들이 실은 이미 나와 비슷한 곳을 바라보는 사람들일 것이라는 점이다. SNS 속 친구들이 세상의 전부라고 생각했다가 세상의 쓴맛을 보게 되는 수없는 전례들처럼, SNS라는 매우 훌륭한 곁눈도 편향적일 수 있다는 점을 인정하고, 균형을 맞추기 위한 장치를 마련해둬야겠다. 개인적으로는 서점의 힘을 빌리는 편인데, 서점에서 요즘 사람들이 좋아하는 책 제목을 보노라면 깜짝 놀랄 때가 있다. '지금 사회의 관심은 여기 있구나. 사람들은 이런 말에 반응하는구나. 내 생각과 같지 않구나.' 틈틈이 SNS 밖의 시선을 통해 생각의 편향을 바로잡는 노력도 반드시 필요하겠다. 듣기 싫은 말 속에도 진리는 숨어 있으니까.

광고업계의 대선배인 최인아님의 인터뷰에서 이런 문장을 본 적이 있다. 광고업은 어느 업종보다 라이프 사이클이 짧다 보니, 광고회사에서 가장 무서운 말은 '무능해'가 아니라 '올드해'라고. 인터뷰를 읽고 나서 오랫동안 뜨끔했다. 함께 일해보면 나이와 관계없이 그 시선이 올드한 사람이 있는데, 이런 사람들과는 아무리 오래 회의를 하고 서로 노력을 해도 그 간극을 좁히기가 쉽지 않으니까. 나이는 계속 먹겠지만 생각이 올드한 사람은 되지 않기 위해, 나는 요즘 SNS라는 겹눈을 활용하는 중이다. 어, 근데 한 시간이 금방 지나갔네.

레트로 위크

뾰족한 날들에 지칠 땐, 뭉툭한 과거를 연다. 필요하다면 일주일 정도. 나는 그 주간을 '레트로 위크'라고 부르는 중이다.

그날은 무수히 많은 날카로운 날들 중 하루였다. 해내야 하는 일들이 쌓여 있는, 신경을 곤두세우고 판단 하나하나에 심혈을 기울여야 겨우 계획된 하루 치만큼 나아갈 수 있는, 그런 날들이 적어도 몇 주는 계속될 것이 분명한 하루. 그날 출근길에, 습관처럼 넷플릭스를 열고 영화를 골랐다. '그림발' 좋은 걸로 유명한 마이클 베이 감독의 신작 '6 언더그라운드6 underground'가 눈에 띈다. 이미 유튜브의 알고리즘이 내게 몇 번이나 이 영화의 예고편을 보여주기도 했겠다, 넷플릭스에서 미는 신작이라면 볼거리도 많겠다. 그래, 명색이 영상물을 만드는 게 직업인 사람인데, 틈틈이 멋진 비주얼은 봐둬야지. 러닝타임을 슬쩍 보니 두 시간 정도 되는 게 좀 부담스럽기는 했지만, '하고 싶다'보다는 '해야 한다'의 손을 들어주며 당분간 며칠을 들여다보기로 했다.

처음엔 특유의 속도감 있는 전개와 자동차 추격 신이 좋았다. 그래, 마이클 베이는 마이클 베이구나. 나도 제작비를 한 10억 정도 받으면 15초 정도는 저렇게 찍을 수 있을까? 그런데 다음 날, 또 다음 날, 출근 시간마다 반복되는 장면—터지는 자동차와 솟구치는 피들—이 피곤해지기 시작했다. 분명 보겠다는 결정은 자발적이었는데, 나는 왜 그 시간들이 내키지 않았을까?

넷째 날 아침, 추격자를 따돌리며 달리는 자동차 안에서 굴러다니는 눈알을 줍는 장면까지였다. 날카로운 하루하루에, 더 이상의 마이클 베이는 무리였다. 평소 같으면 모든 전자기기를 끄고 이어폰은 그냥 낀 채로, 주위 사람들은 무얼 하나를 구경하며 신사역에 도착하기를 기다렸겠지만, 그날은 무슨 이유에서인지 나중에 보겠다고 즐겨찾기 해놓은 콘텐츠들을 열어보았다. 몇 개의 제목들 사이로, '비포 선라이즈 Before Sunrise'가 눈에 띄었다. '비포 선라이즈'라고? 수학 시간에 배운 사분면이 영화계에도 있다면, 이건 '6 언더그라운드'의 정확히 대각선 반대편에 놓여 있을 영화 아닌가. 스케일보다 감정 중심의, 액션보다 주고받는 대사가 매력적인, 현재의 나보다는 과거의 나에 연결된 영화.

그 뒤로 며칠은 '비포 선라이즈'와 함께 출근했다. 이십몇 년 전의 에단 호크와 줄리 델피를 만나는 몇 번의 출근길은, 정말 기가 막히게 좋았다. 지금은 쉽게 갈 수 없는 곳이 되었기 때문일까? 빈의 거리가 저렇게 아름다운 줄 몰랐다. 두 사람이 아무렇게나 들른 레코드 가게 청음실에서 듣는 음악이 저렇게 사랑스러운 줄 몰랐다. 아직 서로의 마음을 확인하기 전 두 사람은, 상대가 고개를 돌린 틈을 타 번갈아가며 흘끗 서로를 훔쳐보는데, 마음이 흘러넘쳐 어쩔 줄 모르는 두 사람의 표정과 함께 들리는 노래 제목은 무려 'Come here'이다.

영화를 다시 보니 셀린(줄리 델피)의 마음은 두 사람이 빈역에 내리기 전 이미 정해진 것 같다. 기차 안에서 제시(에단 호크)의 이야기를 듣는 셀린을 비추는 장면. 그녀를 향해 카메라가 조금씩 다가가는 게 보인다. 제시가 세 살이던 어느 날, 호스로 뿌린 물줄기 때문에 생긴 무지개 사이로 그날 돌아가신 할머니의 모습을 보았다는 이야기를 들려줄 때 셀린은 속수무책으로 사랑에 빠져버린 이의 표정으로 웃고, 이때 카메라 앵글은 어느새 클로즈업 샷에 가까워져 있다. 감독은 점점 가까워지는 두 사람의 마음의 거리를 카메라 앵글의 사이즈로 표현한 것인데, 예전의 나는 이런 차이를 전혀 눈치채지 못했다. 아, 나는 나이를 먹었지만, 더 풍부하게 느끼게 되었구나. 나이듦이 반드시 세포의 노화나 능력의 퇴보만을 의미하는 건 아니구나. 세월이 주는 선물이란 것도 있구나. 어떤 의미에서 나는, 빠져나간 것만큼 다른 무엇으로 채워졌구나. 오래된 영화를 사이에 두고 과거의 나와 만나는 일은 생각보다 큰 충만감을 주었다. 그것은 오직 현재, 현재인 콘텐츠들은 주지 못하는 기쁨이었다.

그리고 나의 레트로 위크는 시작되었다.

레트로 위크라는 이름은, 넷플릭스에서 빌 게이츠의 다큐멘터리를 보며 떠올리게 되었다. '인사이드 빌 게이츠'(원제 'Inside Bill's Brain')라는 3부작 다큐멘터리에서 빌 게이츠는, 정신없이 바쁜 와중에도 일 년에 일주일 정도는 읽을 책들 몇 권만 챙겨서 후드 운하에 있는 별장으로 떠난다고 했다. 번잡함을 가라앉히고 중요한 판단을 내리는 그 기간을 그는 '씽크 위크Think week'라 부른다고 했다.

인간이며 남자라는 점 빼고는 빌 게이츠와 비슷한 구석을 찾을 수 없는 나지만, 나는 내가 떠올린 레트로 위크라는 개념이 재미있어서 후배들을 만날 때마다 이 새로운 이벤트를 자랑하고 다니는 중이다. 레트로 위크는 말하자면 이런 것이다. 오직 첨단, 최신, 효용에 둘러싸여 살고 있다고 느끼는 날이면—그리고 그 첨단의 끝이 자꾸 나를 찔러 부쩍 피곤하게 느껴질 때면—의도적으로 일주일 정도를 과거와 함께 지내본다. 이때 '레트로' 콘텐츠를 고르는 핵심은 단지 오래된 것이 아니라, 과거의 나에 닿아 있는 것이다. 나라는 사람 안에 담겼다가 함께 흔들리고 교감하며 뭉툭해진 음악이나 영화.

일주일 동안은 그 과거들에 푹 빠져 지낸다. 지금의 나에게는 데면데면하지만 예전의 내가 많이 사랑했던 노래를 끄집어내본다. 요즘은 015B나 여행스케치, 김현철 같은 뮤지션의 노래를 플레이리스트에 담아 듣는 중이다. 015B의 '텅 빈 거리에서'라는 노래에서 '외로운 동전 두 개뿐' 같은 가사를

그렇게 과거에 사랑했던 대상들의 힘을 빌려

지금의 내가 얼마나 변했고 어떤 능력이 생겼으며,

무엇이 사라졌고 무엇이 그대로인지를 확인한다.

우왕좌왕하던 마음을 다독이고 평정심을 찾는다.

곱씹으며 미소 짓는다. 인생에서 공중전화 박스와 동전 몇 개가 내게 선물한 에피소드들을 떠올려본다. 동전이 부족해 통화가 끊길까 초조하게 주머니 속 동전을 만지작거리던 사랑스러운 순간은 대체 어디로 사라져버렸는지 생각해본다. 수화기를 들고 상대가 받기를 기다리다가, 반대편에서 들리는 목소리를 감당할 수 없어 끊어버린 전화들을 생각해보고, 그것이 발신자를 표시할 수 없었던 예전 통신기술의 빈틈 덕분에 일어날 수 있었던 사랑스러운 장면이라는 생각을 해본다.

서태지의 '너에게'나 김현철의 '까만 치마를 입고' 같은 노래가 왜 세월이 흘러도 여전히 모던한지를 곰곰이 생각해본다. 어느 일주일은 출근 시간을 쪼개 '이터널 선샤인' 같은 영화를 다시 챙겨본다. 예전에 참 좋아했는데, 세월이 흐른 지금도 좋네. 나는 변한 듯 별로 변하지 않았구나. 자기계발서에는 적혀 있지 않은 위안을 얻는다.

그렇게 과거에 사랑했던 대상들의 힘을 빌려 지금의 내가 얼마나 변했고 어떤 능력이 생겼으며, 무엇이 사라졌고 무엇이 그대로인지를 확인한다. 우왕좌왕하던 마음을 다독이고 평정심을 찾는다. 최선을 다해 노를 젓다가 문득 반대 방향으로 노를 저어보면, 당장의 속도는 느려지지만 내가 나아가고 있던 트랙이 보이는 것처럼, 지금의 내 좌표를 확인하고, 나아갈 곳을 바라보며 심호흡을 한다.

날카롭고 긴박한 날들에 지칠 땐, 오래되어 둥글둥글해진 것들에게서 힘을 얻는다. 나는 그 시간을 레트로 위크라 부르는 중이다. 레트로 위크. 솔깃하시다면, 한 번쯤 시도해보시길 권한다. 가장 먼저 해야 할 일은, 예전의 당신이 깊숙이 빠져 있던 콘텐츠를 떠올려보는 것. 현재의 눈으로는 그것이 낯설거나 부끄럽더라도, 조금은 너그러운 마음으로 봉인 해제해보는 것. 그 경험이 당신이 생각하는 것보다 훨씬 강렬해서, 한동안 일이 손에 잡히지 않을 수도 있음은 미리 알려드린다.

초기작

여름날 햇빛 속에 옛 동네를 걸어가다
건널목 앞에 있는 그녀를 보았지
조금은 변한 듯한 모습 아쉽긴 했어도
햇살에 찌푸린 얼굴은 아름다웠지

이 노래를 알고 있다면 당신은 아마 나와 가볍게 두세 시간쯤은 신해철에 대해 이야기를 나눌 수 있을 것이다. 신해철이 1988년 그룹 무한궤도로 대학가요제를 제패하고 낸 앨범 속 두 번째 곡이니, 당신도 나처럼 신해철 좀 들었거나, 1990년대 대중가요 좀 들어본 사람일 테니까.

그룹 무한궤도는 단 한 장의 앨범만 내고 해체된다. 이

전설의 앨범은 타이틀곡 '우리 앞에 생이 끝나갈 때'로 유명하지만, 위에 소개한 '여름이야기' 또한 오래 들어도 질리지 않는 숨은 명곡이다. 이 곡에 단 하나의 해시태그를 건다면 나는 [#풋풋함]을 고를 테다. 듣고 있노라면 정말 쏟아지는 여름 햇살 아래 옛 동네 건널목에 서 있는 것 같고, 반대편에 조금은 변한 듯한 오래전 첫사랑이 나타나 말을 걸까 말까 두근대는 주인공이 바로 나인 것만 같다. 도입부에 신나는 '나나나나' 보컬 뒤로 이어지는 멜로디는 당시 그의 음악의 전매특허인 신디사이지로 만들었음이 분명한데, 완성도로 치자면 요즘 웬만한 디지털 악기에 저장된 샘플 사운드로 쓰기에도 아쉬운 수준이지만, 나의 귀에 무엇이 씌었는지 음색이 정말 사랑스럽다. 뉴트로가 열풍인 요즘의 기준으로 들으면, 촌스럽지만 확실히 힙한 구석이 있다. (그렇다. 나는 무한 애정 필터를 끼고 이 곡을 듣고 있는 것이다.)

신해철에 대한 덕질의 역사를 이야기하자면, 나는 학창 시절 그에게 빠진 후 대부분의 덕후들이 그렇듯 그가 낸 모든 앨범들을 섭렵하기 시작했다. 입문 초기 나는 중학생이었고, 그의 데뷔 앨범을 듣고 느낀 감정은 단순명료하게도 '와 진짜 좋다'였다. 그 시절 내겐 그의 음악이 경험할 수 있는 가장 멋진 것이었고, 나는 쉽게 맹목의 단계에 접어들었다. 그후 그는 계속 작품 활동을 하는 수많은 밴드들이 그러하듯 매너리즘을 벗어나기 위한 다양한 시도—장르의 변화, 새 멤버의 영입, 발성 방식의 변화—를 하게 되고, 나는 그 방법들을 순순히 받아들이다가 어느 순간, '이건 솔직히 그렇게 좋지 않은데?'라는 의문과 만나게 되었다. 나 또한 나이 들면서 취향과 세계관이 변한 것이다. 그리고 계절이 바뀌듯 자연스럽게 그의 음악과 나 사이엔 약간의 거리가 생겼다. 동경은 그대로지만, 맹목은 사라지게 된 것이다.

그러던 어느 날 뉴스에서, 그가 어이없는 의료사고로 위독하다는 소식을 듣게 되었다. 신해철과 의료사고라니. 지상의 어떤 말도 안 되는 논리도 조목조목 따지고 들었을 나의 영웅이, 무대 위도, 토론장도 아닌 차가운 수술대 위에서 저리도 무력하게 당하다니. 신이시여. 이건 반칙 아닙니까. 나는 부디 그가 살아 돌아와 예의 그 시니컬한 미소를 보여주기를 바라며 그를 잠시 멀리했던 현실을 부인하기 시작한다. 형, 이렇게 죽지는 마요. 이건 형이랑 제일 안 어울리는 결말이잖아. 그로부터 며칠간, 나는 그의 초기작을 듣고 또 들었다. 가장 애통한 순간에, 그에 대한 애정의 순도가 가장 높았던 시절로 돌아가고 싶어서였을까.

정말 오랜만에 재생해본 그의 초기작은 여전히 좋았다. 그런데 그때 나에게 가장 놀라웠던 것은, 데뷔 앨범 속 그의 목소리가 생각보다 훨씬 어리다는 사실이었다. 생각해보면 1968년생 뮤지션이 1989년에 낸 앨범이니, 그의 나이 만 21세이던 시점이다. 회사에서 만나는 인턴들보다도 어린 나이이니 앳된 것이 당연한데, 전에는 왜 그걸 몰랐을까. 왜 나는 영웅에게도 미숙한 시절이 있었음을 눈치채지 못했을까.

가사들은 또 어떤가. 나이 들어 찬찬히 읽어본 데뷔작들의 가사에는 시작하는 이들 특유의 에너지가 넘쳤다.

흐르는 시간 속에서 질문은 지워지질 않네
우린 그 무엇을 찾아 이 세상에 왔을까
– 무한궤도, '우리 앞에 생이 끝나갈 때' 중

그대. 난 그대만 보면. 그대. 난 아무 말 못하고. 그대.
숨 막힐 것 같은 이 느낌
– 015B, '난 그대만을' 중

(015B의 데뷔앨범 8번 트랙.
신해철이 작사, 작곡하고 보컬로도 참여한 곡.)

이제 막 날개를 펴는 이들의 보여주고 싶어 안달 난 조바심과, 좌고우면하지 않는 태도. 나라도 그러지 않겠는가. 세상에 내 음악을 선보이는 이 순간, 나의 모든 것을 탈탈 털어서라도 대중들이 내게 홀딱 반하게 만들고 싶지 않겠는가. 그러나 아직 세상에 본격적으로 부딪쳐보기 전이니, 딱히 두려울 것도 없었을 테다. 내가 사랑한 거인 같은 아티스트에게 이런 면이 있었구나. 누구에게나 이런 조그맣고도 겁 없는 시절이 있는데. 아마 나에게도 저런 시절이 있었을 텐데.

박연준 시인은 『인생은 이상하게 흐른다』라는 책에서 이런 말을 했다.

> '절대로'란 말을 남발하는 시기는 축복받은 시기다. 때가 되면 온다. '절대로' 뒤에 오는 말들이 후드득 떨어지고 마는 시기가.
>
> – 박연준, 『인생은 이상하게 흐른다』, 달, 2019, 49쪽.

'영원히'라는 말을 남발하는 젊음이란 얼마나 사랑스러운가. '절대로'라는 단어를 아무렇지 않게 쓰는 젊음은 얼마나 패기 넘치는가. 지금의 나는 어떤가. '영원히'와 '절대로'의 가능성이 희박함을 알아버린 뒤로는, 경험이라는 가면 뒤에 숨어 온갖 가능성의 씨앗들을 알아서 불태우고 있지 않나. 신해철의 초기작은 말해주고 있었다. 조그맣고 겁 없던 시절을 한번 꺼내보라고. 아직 당신 안의 어딘가에 숨어 있을지도 모른다고.

생각과 창의가 직업인 사람에게는 꼭 한 번씩 찾아오는 시간들이 있다. 내가 여기까지인가 싶은 순간과, 내 그릇의 사이즈를 가늠해보는 날들이. 그럴 땐 여지없이 우울해지곤 하는데, 그때 내가 사랑한 아티스트의 초기작을 들어보는 건 알 수 없는 에너지를 준다. 누구에게나 지나친 걱정은 집어치우고, 아무 생각 없이 달려야 할 순간은 온다. 지나간 길은 돌아보지 말아야 하는 순간도 온다. 그럴 때면, 애정하는 아티스트들의 초기작을 듣는다. 초기작 속에선 아직 덜 익은, 그러나 창의의 에너지가 넘쳐 주체할 줄 모르는 한 크리에이터를 만날 수 있다. 그리고 저런 겁 없음과 과감함이 내 안에도 있었고, 그 불씨가 아직도 어딘가에 살아 있을 수 있다는 용기를 준다. 생각난 김에, 유튜브에서 1988년 대학가요제 대상 수상곡이나 찾아봐야겠다. 오랜만에, 조그맣고 겁 없던 어린 거인을 만나러 가야겠다.

존중

인생엔 결코 잊히지 않는 장면들이 있다. 일에 있어서도 마찬가지. 어떤 장면은 너무나 강렬해서 그날의 공기와 색감, 소리의 질감까지 모두 기억나는데, 짧지 않은 광고 인생 중 내게 잊히지 않는 날이 있었으니 그날의 일을 나는 '오라메디 *' 사건이라 부른다.

팀장이 되기 한참 전, 팀원으로 일을 배우던 어느 날. 중요한 보고가 있어 선배들의 프레젠테이션에 동석하게 되었다. 장소는 유명한 금융회사였고, 그 회사의 대표가 직접 참석하여 우리 회사의 아이디어를 보고받는 자리였다. 사안이 사안이니만큼 우리 회사도 기획파트와 제작파트의 수장이 직접 설명했고, 나는 부디 준비한 안들이 순조롭게 팔리기를 기대하며 회의실의 뒷자리에 앉아 있었다. 슈트를 입은 기획국장 선배님이 열심히 설명을 이어갈 즈음, 나는 내가 쓴 카피를 클라이언트가 어떻게 듣고 있나 궁금하여 최선을 다한 곁눈질로 그 반응들을 훔쳐보았다. 그러다 순간, 눈을 의심케 하는 장면을 마주했다.

유명한 금융회사의 대표님은, 우리 회사의 설명을 듣다 입을 쩍 벌리더니, 입 속에 오라메디를 바르기 시작했다. 저분은 입 속의 병환이 매우 위중하신가. 그러나 이건 사람과 사람 사이의 보고에서 있어서는 안 될 행동 아닌가. 한 집단이 몇 주 동안 최선을 다해 준비한 결과물을 듣는 자리에서 입을 쫙 벌리는 저분의 의도는 무엇인가. 내 속마음 깊은 곳까지 투명하게 들여다봐달라는 의지의 표현인가.

나는 눈을 의심하는 와중에도 부디 상대 회사의 누군가가 저 행동을 제지해주길 바랐다. 아니, 적어도 회의실에 있던 이들 중 누군가는 부끄러운 표정으로 고개를 숙이며 대행사에 미안함의 눈빛을 보내주길 바랐다. 그러나 그 대표님은 어떤 제지도 없이 꿋꿋이 오라메디를 바르셨고, 그러다 '억!' 소리를 내며 얼굴을 찡그리셨다. 연고를 바르던 면봉이 빗나간 모양이었다.

그러자 진행되던 프레젠테이션의 흐름과는 상관없이, 클라이언트 쪽 임원분께서 잽싸게 휴지를 뽑아드셨다. (대체 휴지는 어디에 있었지?) '대표님, 여기 있습니다!'라는 외침과 함께. 나는 처음 보는 장면에 눈이 휘둥그레져 한참 보고 중이던 선배의 얼굴을 바라보았다. 선배 또한 살짝 당혹스러운 표정을 지었으나 흔들리지 않았고, 오라메디와 휴지가 퇴장할 때까지 잠시 기다렸다가 프레젠테이션을 이어나갔다.

그날 그 보고를 마치고 돌아오는 자동차 안에서, 선배님들과 나는 어이없어하며 웃었다. "아까 보셨어요? 이게 말이 되나요?"라는 내 하소연에 "억울하면 갑 해야지 어쩌겠어"라는 선배의 너털웃음이 돌아왔다. 그날의 보고 이후 우리는 그 대표님을 특정 약품의 이름과 성의 앞 글자를 따 '오라메디 *'이라 불렀다. '이번 시사에 오라메디 *님 들어오신대?'

구내염으로 고통받으셨던 그분이 이끌던 회사와 우리 회사의 관계는 1년 정도를 더 가다 마무리되었다. 딱히 어떤 문제가 있어서라기보다는, 그저 자연스럽게 그리되었다. 소문에 의하면 그분 또한 얼마 후 대표직에서 물러나셨다 들었다. 연차가 짧았던 내가 앞뒤 정황을 정확히 알 리 없지만, 한 가지 명확한 것은 그에게 우리는 존중해야 할 전문가 집단이 아니었다는 점이다. 그런 감정은 연차나 경험과는 상관없이 전달되었다. '우리는 갑을 관계의 명백한 을이구나. 나는 이 일을 사랑하지만, 이런 상처는 앞으로도 종종 찾아오겠구나.'

그 일이 있은 뒤로도 나의 광고 커리어는 계속되었다. 행복하게도 나는 '갑을 관계'보다는 상대를 전문가로 인정해주는 '파트너 관계'로 클라이언트를 만나는 경우가 훨씬 많았지만, 그럼에도 불구하고 '갑'들은 예고 없이 찾아왔다. '갑'의 스탠스로 일하는 집단과 만날 때 내가 의도적으로 일을 대충하느냐 하면, 그렇지 않다. 어쨌거나 광고회사는 클라이언트 없이는 어떤 이익도 낼 수 없고, 어떤 포트폴리오도 쌓을 수 없으니까.

그러나 경험이 말해준다. 내가 속한 팀의 퍼포먼스를 최대한으로 끌어내는 건, 의외로 '존중'이다. 나도 사람인지라 매체비를 굉장히 많이 쓴다거나, 우리 회사에 큰 비용fee을 지불하는 광고주에는 신경이 더 쓰이는 것이 사실이지만, 존중에는 이 모든 것을 넘어서는 힘이 있다. 나와 내 스테프들을 얼마나 믿어주고 의지하는가가 메일 속이나, 오고 가는 대

코로나가 우리에게 가르쳐준 가장 중요한 교훈을,

나는 존중이라 생각한다.

혼술, 혼밥의 시대라지만

지금의 위기는 혼자만 잘해서는 결코 답이 없다.

개인의 무결한 위생과 사회적 격리는 사실,

택배 노동자와 물류 시스템,

그리고 의료진들의 희생에서 시작된다.

화 속에서 느껴지는 날이면 정신이 번쩍 든다. "그 부분은 워낙 전문가시니까 잘하시겠죠. 저는 제가 잘 아는 부분만 체크하겠습니다." 이런 말을 들으면 없던 힘이 솟고, 그 프로젝트를 진행하기 위해 내가 가진 가장 중요한 시간을 쓴다. 후배들에게도 클라이언트의 대사를 기억해두었다가 최대한 원문에 가깝게 전해준다. 일이란 결국 사람이 하는 것이고, 사람은 하고 싶은 일을 더 잘하게 되어 있으니까. 존중이 강하게 느껴지는 프로젝트일수록, 당연히 일의 퀄리티는 좋아진다.

나는 존중이 갖는 마법 같은 힘이, 우리 사회에 더 많이 퍼졌으면 한다. 그것이 일의 영역 밖이라도 좋겠다. 코로나가 우리에게 가르쳐준 가장 중요한 교훈을, 나는 존중이라 생각한다. 혼술, 혼밥의 시대라지만 지금의 위기는 혼자만 잘해서는 결코 답이 없다. 개인의 무결한 위생과 사회적 격리는 사실, 택배 노동자와 물류 시스템, 그리고 의료진들의 희생에서 시작된다. 의료진들에게 쏟아지는 경의만큼, 나는 택배 노동자분들께도 감사의 마음이 전해지길 바란다. 우리가 바이러스의 전파를 막기 위해 최소한으로 움직이려면, 누군가는 우리를 대신해서 최대치로 움직여야 하니까.

스케일을 좀 더 키워서 지구적인 시선으로 봐도, 우리에게는 존중의 자세가 필요해 보인다. 얼마 전 넷플릭스에서 '소셜 딜레마The Social Dilemma'라는 다큐멘터리를 보다가 잊을 수 없는 대사를 들었다.

"우리가 사는 세상은, 죽은 나무가 살아 있는 나무보다 더 가치 있는 세상입니다. 죽은 고래도 살아 있는 고래보다 더 가치 있고요. 우리 경제는 그런 식으로 오랫동안 움직였고, 기업은 규제를 받지 않았기에 계속 숲을 파괴하고 고래를 죽이고 땅을 파서 석유를 시추할 것입니다. 그게 지구를 파괴한다는 걸 알면서도, 후손들이 살 지구를 망친다는 걸 알면서도. (중략) 애초부터 이런 방식이 잘못되었음을 깨달을 마지막 수단은 이제는 우리가 나무고, 우리가 고래라는 걸 깨닫는 것입니다."

- 저스틴 로즌스타인Justin Rosenstein(前 구글 엔지니어)

코로나를 두고 누군가는 중국인들의 잘못된 식습관 때문이라 했다. 천산갑을 먹어서. 박쥐를 식탁에 올려서. 나 또한 한동안은 왜 중국 사람들이 그런 걸 먹어서 인류를 위험에 빠뜨리나 한숨 쉬기도 했다. 좀 위생적으로 먹으면 안 되나. 식습관을 바꾸면 안 되나. 그러나 나의 생각은 굉장히 지엽적인 것이었다. 생물학의 대가인 최재천 교수님을 비롯한 전문가들의 관점은 달랐다. 이 현상은 근본적으로 인류가 과거엔 좀처럼 닿지 않던 생명들과 접촉하는 과정에서 생긴 질병이며, 이런 식의 접촉은 자본의 이익을 위해 무차별적으로 숲을 파괴하고, 원시림 속으로 들어가고, 빙하를 녹이는 과정에서 얼마든지 다시 발생할 수 있다고. 그러니 앞으로 코로나 같은 팬데믹은 이름과 감염의 양상만 바꿔 얼마든지 다시 발생할 수 있다고.

무수히 많은 생명체들과 지구라는 '플랫폼'을 공유하는 인간들에게, 지금 당장 필요한 삶의 자세는 '존중' 아닐까. 존중이 부족한 문명이 존립할 수 없음을, 지구는 코로나라는 전대미문의 질병을 통해 알리고 있는 건 아닐까. 거시적으로 우리는 지구 위를 함께 살아가는 생명체를 좀 더 존중해야 하고, 미시적으로는 최선을 다해 이 아슬아슬한 안전을 유지해주는 이들에게 존중의 시선을 보내야 하지 않을까. 존중이 최상의 미덕이 되는 사회라면, 오직 나와 다르다는 이유로 다른 집단과 성별과 지역에 보내는 미움과 차별도, 분명 줄어들지 않을까. 이 질병의 끝에선, 서로를 조금 더 존중하는 이들을 만날 수 있기를 바란다. 그 멋진 매너들이 일터에도 쌓여, '甲' 같은 올드한 단어에 '-질'처럼 우울한 접미사를 붙이는 일은 더 이상 없기를 바란다.

한강 구간

책의 초입, '서울'이라는 장에서, 한강의 매력을 이야기한 적이 있다. 서울의 매력은 상당 부분 한강에 있다고. 지하철이 한강 구간을 지날 때 갑자기 시야가 밝아지며 밖이 보이는 장면을 좋아한다고. 지루한 출근길 중간에 등장하는 한강 구간은 마치, 늦잠을 자고 일어난 아침 활짝 열어둔 창문과도 같다. 일주일에 '한강 구간'이 있다면? 당연히 금요일 저녁이겠지. 일 년에 한강 구간은? 벚꽃이 피고 떨어지는 4월의 열흘 정도일까?

한강에 대한 글을 쓰고 나니, 나는 지하철이 한강을 통과하는 1분쯤 되는 이 구간이 더 사랑스러워졌다. 기왕이면 이 시간을 마음껏 즐겨보려고, 요즘 나는 새로운 시도를 하는 중이다. 그것은, 한강 구간에선 디지털 기기를 내려놓는 것. 스마트폰 화면에 아무리 재미있는 것이 나와도, 갑자기 주위가 밝아진다 싶으면 잠시 동안은 스마트폰을 끄고 창밖을 본다. 사실, 그 순간 객차 안의 어정쩡한 위치에 서 있다면 한강 구간을 지난다 한들 별 볼 일이 없지만, 어쨌거나 최선을 다해 창밖을 지켜보고, 그것도 여의치 않으면 주위 사람들을 관찰해본다. 말하자면, 그 순간만큼은 온전히 아날로그의 세계에만 머무는 것이다.

아날로그 세계에서의 온전한 1분. 그런데, 아날로그 한강 구간 프로젝트에 도전해볼수록 이상한 기분이 들었다. 생각해보면 나는, 지하철을 타고 회사까지 가는 내내 몸은 물리적인 공간을 이동했지만 머리는 계속 디지털에 붙들려 있던 거였다. 다른 사람들 또한 마찬가지였다. 지하철 객차 안을 둘러보니 내 주위 누구도 창밖을 보지 않고, 스마트폰에 얼굴을 고정해두고 있었다. 기괴한 장면이었다. 객차 안에 있는 이들은 모두 같은 공간에서 같은 방향으로 이동하고 있지만, 머릿속으론 다들 각자의 디지털 세상에 머물고 있다니.

이곳의 우리와, 영화 '매트릭스' 속의 인류와 다를 게 무엇인가.

깨달음의 순간이었다. 그러나 나란 사람이 '매트릭스'의 주인공 네오처럼 분연히 자리를 박차고 일어나 스마트폰을 쓰레기통에 던져버렸느냐 하면, 그럴 리 없다. 다만 나는 갑자기 또 다른 프로젝트를 떠올렸다. 출퇴근길 아날로그 한강 구간 프로젝트를 일주일 단위로 확장해보는 것.

그것은 일주일 중 하루를 통째로 '한강 구간'으로 삼는 것이었다. 잠시 창문을 열고 환기를 하는 것처럼, 하루 정도는 스마트폰을 쓰지 않는 하루를 살아보는 것이었다. 이를테면, 금요일은 스마트폰 프리데이. 콘셉트에 집착하는 광고인답게, 나는 [프라이데이=프리데이]라는 발상이 마음에 들었다. 음, 발음이 비슷해서, 기억하기도 쉽군. 당장 다가오는 금요일부터 시도해보자.

하지만 막상 목요일 저녁이 되니, 덜컥 겁부터 났다. 생각해보니 금요일은 주말을 앞두고 있어 일이 많이 몰리는 날인데. 내일 연락 올 곳이 수십 군데인데. 요즘은 팀의 간단한 업무 판단은 카톡으로도 하는데. 당장 팀원들에겐 뭐라고 하지? 그래서 스스로 몇 가지 룰을 정하기로 했다. 금요일에 스마트폰을 꺼놓는 것이 최선이겠지만, 나의 사적인 결심으로 인해 공적인 업무에 지장을 주지는 말자. 그러니 일 때문에 오는 연락은 받자. 업무상 필요한 일이라면 메일을 열고 카톡을 보내자. 다만 자발적으로 스마트폰을 열지는 말자. 자발적으로 SNS를 열지 말고, 음악앱도 켜지 말자. 대신 가방 속에 아날로그 형태의 즐길 거리를 챙기자.

대망의 시행 첫날은 10월의 어느 금요일 아침이었다. 나는 마음을 단단히 먹고 출근길에 올랐다. 늘 타던 지하철 플랫폼에 이르니, 내가 탈 지하철이 전전 정거장을 떠났다는 정보가 보인다. 그리고 겨우 몇 초 후. 나는 습관적으로 주머니 쪽으로 손을 뻗었다. 잠깐, 내가 지금 뭘 하는 거지?

습관적인 움직임을 멈추고 나니, 당혹스러운 감정이 찾아왔다. 지금부터 뭘 해야 할지가 선뜻 떠오르지 않았기 때문이다. 나는 지하철이 내가 있는 역까지 달려오는 몇 분 동안 계속 안절부절못했다. 지금 딱 스마트폰만 꺼내면 되는데. 오늘의 뉴스도 검색해야 하고, 타고 가는 동안 볼 넷플릭스 콘텐츠를 고르거나, 오늘의 출근 음악을 골라야 하는데.

사무실에 도착해서도 마찬가지였다. 일을 하던 중간중간에 나는 아무 생각 없이 책상 위 스마트폰에 손을 올렸다. 손을 뻗다가 오늘이 스마트폰 프리데이임을 깨닫고는 금세 겸연쩍어졌다. 내 손이 왜 스마트폰을 향했지를 떠올려보면, 사실 아무 목적이 없었다. 집중과 집중 사이 찾아오는 무無의 시간을 어느새 나는 견디지 못하고 있었다. 자투리 시간은 말할 것도 없었다. 엘리베이터가 올라오는 시간. 신호등이 빨간불로 바뀐 직후. 동료들과 녹음실로 이동하는 택시 안. 스마트폰은 마치 자석처럼 내 손을 잡아당겼다.

당혹스러운 하루를 마치고, 스마트폰 없는 퇴근길과 스마트폰 없는 저녁 시간을 거쳐, 잠자리에 누워 하루를 돌아봤다. 그리고 놀라운 사실을 깨달았다. 근래 들어 나는 '사놓은 책은 산더미인데 읽을 시간이 없네' 노래를 부르고 다녔는데, 그건 사실이 아니었다. 일과 시간이 꽤 빡빡한 하루였지만, 그리고 원하는 만큼 충분하진 않았지만, 책 읽을 시간은 있었다. 그날 나는 일과 시간 중 살짝 비는 시간에, 그리고 퇴근길에 상당한 분량의 책을 읽고, 책 귀퉁이를 접어두었다. 오며 가며 몇 가지 재미있는 생각들이 떠올라, 새 책에 쓸 단초가 되길 기대하며 메모도 했다. (고백건대 메모는 스마트폰 메모장을 활용했다. 순간 떠오른 생각을 가방을 뒤적여 노트와 펜을 꺼내 붙잡아둘 자신이 없었다.) 그리고 평소보다는 30분 정도 일찍 잠을 청하는 나를 발견했다. 그러다 이런 생각에 닿았다.

스마트폰은, 나를 따라다니며 내 자투리 시간을 가져가는 일종의 '시간흡수기'로구나.

다음 날 아침, 깨달음을 얻은 내가 스마트폰을 점점 덜 쓰게 되었느냐 하면 그렇지 않다. 그러나 일주일에 하루, 아날로그 한강 구간은 많은 것을 느끼게 해주었다. 내가 얼마나 대책 없이 디지털에 매여 있는지. 흩어진 자투리 시간을 스마트폰이 흡수하는 일만 막아도, 얼마나 많은 일들을 할 수 있는지. 금요일 하루는 의도적으로 디지털에서 분리된 하루를 보낸 지 한 달째. 여전히 금요일 아침 출근길에 습관적으로 스마트폰을 꺼내다가 '오늘 하루는 그냥 쓸까?' 유혹을 느끼지만, 귀찮아도 건강을 위해서라면 창문을 열고 환기를 하듯, 불편해도 디지털에 매달리지 않는 하루를 보내는 중이다. 금연을 하려거든 그 결심을 여러 사람에게 공표하는 것이 도움이 된다고 하던데, 같은 맥락에서 나는 금요일은 디지털 없이 지낼 것을 여러 사람들 앞에 이야기해보려 한다. 지인들이여, 언젠가 나를 만나면 책에 쓴 '아날로그 한강 구간' 프로젝트는 어찌 되었는지 물어봐주시길. 씁쓸한 표정이 돌아온다면, 디지털이 그리도 강력한 것이다. 뿌듯한 표정으로 웃음 짓는다면, 인류에게도 희망은 있는 것이다.

아님 말고

출근길, 넷플릭스를 열어보니 걸그룹 블랙핑크의 데뷔부터 지금까지를 다룬 다큐멘터리 '블랙핑크: 세상을 밝혀라'가 추천 목록에 떠 있었다. 블랙핑크를 좋아하고 다큐멘터리를 좋아하는 나에게 이것은 웬만해선 실패할 수가 없는 조합이다. 그후 며칠은, 블랙핑크와 함께 출근하고 퇴근했다. 멤버 네 명의 이름을 매칭시킬 수 있고 데뷔 시절부터 히트곡이 뭔지는 아는 정도의 라이트 팬인 내게는, 멤버들이 어떻게 합류했는지, 그리고 전 세계를 쥐락펴락하는 그들의 무대 밖 모습은 어떤지를 볼 수 있어 좋았다.

아니, 더 정확히 말하면, 재능은 있으나 확신은 없고, 열정은 있지만 아직 이룬 것이 없는 크리에이터가 온 힘을 다해 결국 성취해내는 이야기가 좋았다. 그것은 이야기 속의 어떤 부분에서 예전의 나와 비슷한 부분을 발견할 수 있었기 때문이었다. 물론, 성취의 레벨이 좀 심하게 다르긴 하지만.

영상에서 가장 인상적인 부분은 멤버 로제가 자작곡을 녹음해보는 장면이었다. 블랙핑크 정도의 뮤지션이라면 아마 한국 대중음악계에서 가장 뛰어난 이들이 완벽히 세팅한 곡을 그대로 부르는 일이 많을 텐데, 영상 속의 로제는 자신이 작곡한 미완성곡을 최소한의 스태프 앞에서 불러보고 있었다. 늘 무대 위에서 자신만만한 모습만 보아왔는데, 화면 속의 로제는 너무나 수줍어 보였다. 그녀의 감정은 아마 이런 것이었을 것이다. '아, 이렇게 덜된 걸 꺼내봐도 되나. 아, 이렇게 못하는 모습을 보여줘도 되나.' 그리고 그런 로제에게, 아마도 녹음실에서 가장 경험 많은 프로듀서일 테디가 이런 말을 해줬다고 했다.

"넌 스튜디오에서 더 약해지는 법을 배워야 해."

출근길에 이 대사를 듣는데 빙그레 웃음이 났다. 흘려듣기엔 너무나 멋진 말 아닌가.

"넌 스튜디오에서 더 약해지는 법을 배워야 해."

출근길에 이 대사를 듣는데 빙그레 웃음이 났다.

흘려듣기엔 너무나 멋진 말 아닌가.

영상 속의 로제는 완성도가 떨어지는 무엇을 밖으로 꺼내는 걸 몹시도 두려워하는 크리에이터였다. 무엇이든 완벽하게 내놓고 싶은 강박이 있는 것처럼 보였다. 나는 정말 비슷한 사람을 한 명 알고 있다. 이 책의 작가라는 사람이다. 사실 지금은 예전에 비하면 정말 많이 나아졌는데, 좋은 동료들과 회의실에서 아이디어를 발전시켜가며 얻은 어떤 깨달음이 있었기 때문이다.

아이디어는 완벽하지 않을 때 다른 아이디어들과 잘 결합된다. 완벽에 가까운—완성도가 매우 높은—아이디어는 미세한 디테일들을 보강하여 조금 더 좋은 아이디어가 될 수는 있지만, 그 변화의 폭은 '90'의 아이디어가 '95'로 나아지는 정도이다. 완벽하지 않고 결점도 분명하지만 애초에 생각의 각도 자체가 과감한 아이디어들은, 다른 아이디어들과 제대로 결합만 된다면 드라마틱한 결과물로 이어지곤 한다. '30'의 아이디어가 '300', '400'이 되는 일이다. 예를 들어볼까?

얼마 전 영국의 아이슬란드 푸드Iceland Foods Ltd.라는 슈퍼마켓이 창립 50주년 기념으로 치킨 너깃을 우주로 보냈다가 무사히 귀환시킨 광고를 본 적이 있다. 광고팀의 회의 장면을 상상해보자. 보통의 회의실이라면 치킨 너깃을 매력적으로 보여주는 아이디어들로 책상이 가득 찰 것이다. 그 치킨을 맛있게 먹을 모델을 찾고, 먹음직스럽게 만드는 카피를 쓰고, 최고의 촬영스테프를 붙이는 일은 말하자면 '90' 정도의 아이디어를 '95'로 바꾸는 일이다. 그러다 회의실의 누군가 '그냥 치킨 너깃을 우주로 보내면 어때요? 그래야 좀 눈에 띄지 않겠어요'라는 실없는 소리를 했을 것이다. 사실 이런 생각은 막상 실현하려고 하면 밑도 끝도 없는 일이다. 치킨을 매달고 우주로 어떻게 올라갈 것이며, 카메라는 뭘 달 것이며, 그 카메라가 성층권에서 제대로 작동하지 않으면 어쩔 것이며, 안 되는 이유를 찾기가 훨씬 쉬운 일이다. 만약 영국의 슈퍼마켓을 담당하는 광고팀이 권위적인 조직이었다면, 우주를 운운한 구성원은 금방 무안을 당했을 것이다. '말도 안 되는 소리 그만하고 모델이나 생각해.'

그러나 예측건대 그 조직은 우주로 치킨을 보내자는 실없는 소리에서 아이디어의 씨앗을 발견한 동료 또는 리더가 있었을 것이다. 아마 그 조직은 안전한 곳이었을 것이다. 말도 안 되는 생각에 공격받지 않는 팀 문화가 있었을 것이다. 그렇지 않을까. 그래서 치킨 너깃을 우주로 보낸 광고는 비행기로 12시간을 떨어진 곳에 사는 나 같은 광고인에게도 닿게 된 것이다. 앞서 말한 대로, 어설픈 '30'의 아이디어가 '300'으로 바뀐 일이다.

아이디어의 사이즈를 키우려면 하나의 완결된 아이디어보다는, 아직은 어설프지만 각도가 남다른 아이디어들을 서로 붙이는 과정이 필요하다. 상처가 나도, 속살이 부드러운 상태에서는 금방 붙는 것처럼, 나뭇가지를 접붙일 때는 단단한 표면이 아니라 연약한 내부를 노출해 서로 붙이고 묶는 것처럼, 덜된 생각들의 합이 아이디어의 사이즈를 키운다. 그러니 나의 아이디어가 완벽하지 않고, 연약할지라도, 얼토당토않아 보여 부끄러울지라도 반대편에 앉아 있는 팀원들을 믿고 던질 수 있어야 한다. 그것이 아이디어의 사이즈를 키우는 일이다. 그리고 이것이 내가 가장 중요하게 생각하는 팀의 문화이다. '괜찮아. 누구도 너를 공격하지 않아. 막 던져봐. 아님 마는 거지 뭐.'

회의실에선 나도 아이디어를 적극적으로 꺼낸다. 사실 리더의 입장에선, 영 별로인 아이디어를 내놓는 건 좀 창피한 일이다. 매번 좋은 아이디어를 내놓고 폼을 잡아야 팀장으로서 체면이 설 텐데, 아이디어를 꺼냈는데 침묵만이 감도는 순간은 피하고 싶다. 회의실 책상 앞에선 나도 똑같은 크리에이터니까. 그래서 나는 그 두려움을 이렇게 극복하곤 하는데, 이런 문장으로 대화를 시작하는 것이다. "이거 그냥 막 던지는 건데. 이런 건 어때? 아님 말고."

누구든 가볍게 던져서 가볍게 받아칠 수 있게 한다. 팀장의 아이디어라도 좋으면 팀원들이 받는 거고, 아니면 웃으면서 넘어가면 되도록 분위기를 만든다. 작가 대니얼 코일은 『최고의 팀은 무엇이 다른가』라는 책에서 이렇게 말했다.

"구글은 더 영리해서 승리한 것이 아니었다. 그들이 승리한 이유는 더 안전했기 때문이다."•

너무나 공감되는 문장이라 포스트잇에 적어 책상 한편에 붙여두었다. 사람을 코너에 몰지 않는 팀. 무슨 말을 해도 면박받지 않고, 무슨 생각을 던져도 받아줄 동료가 있는 팀. 길게 보면 그런 집단이 훌륭한 성과를 낸다니, 거짓말이라도 믿고 싶어지지 않는가.

장인성 작가의 책 『마케터의 일』에서, 네이버를 창업한 이해진 의장의 유도탄 이론을 알게 되었다. 빠르게 변하는 영

• 대니얼 코일, 『최고의 팀은 무엇이 다른가』, 웅진지식하우스, 2018, 40쪽.

역의 플레이어일수록 각도를 재고 계산을 다 마치고 완벽한 로켓을 쏘아 올리면 안 된다는 것. 그러다가는 금세 상대의 로켓에 얻어맞는다는 것. 일단 방향만 정해서 쏘아 올리고는, 날아가는 동안 상황에 맞게—마치 유도탄처럼—항로를 조정해야 한다는 것. '생각의 유도탄'은 회의실에서도 유효하다. 완벽하게 세팅된 아이디어는 거기서 더 좋아질 일이 별로 없다. 회의실 안에서 방향을 바꾸고 변하며 날아가는 아이디어가 훨씬 강력하다. 20년 정도 회의실에서 아이디어가 자라는 과정을 지켜보니 알겠다. 거인 한 명이 이끄는 회의실보다, 능력자 다섯 명이 모인 회의실에서 놀라움이 태어날 확률이 훨씬 높다.

다시 블랙핑크의 다큐멘터리로 돌아가보자. 화면 속에서 로제는 말한다.

"사람들이 적당히 있는 건 좋아요. 뭐가 있든 받아들여주고 뭔가로 만들어주는 분들은 괜찮죠."

프로듀서 조Joe는 말한다.

"여긴 안전하고 전부 비밀이에요. 바보처럼 굴어도 우린 아무한테도 말 안 해요."

우리는 회의실에서 더 약해져야 한다. 아니, 더 정확히 말하면 약해져도 아무런 문제가 없어야 한다. 당신이 생각의 힘으로 일하는 사람이고, 리더의 위치에 있다면, 약하다고 공격당하는 것이 아니라 약한 부분도 기꺼이 보여줄 수 있는 팀을 만드는 편이 낫다. '아님 말고'라고 실없는 아이디어를 던져도 반대편에 이것을 받아줄 팀원이 있다는 믿음을 주는 팀을 만드는 것이 좋다. 바로 그 팀에서 가장 강력한 아이디어가 태어나고, 오히려 구성원들은 스트레스를 덜 받는 놀라운 일이 벌어질 수 있다고 생각한다. 무엇보다도, 한 명 한 명의 플레이어의 힘으로는 도저히 할 수 없던 일도 해낼 수 있다고 생각한다. 너무나 빨리 트렌드가 변하는 요즘은 한 명의 의사결정권자에게 쌓인 노하우보다는, 집단 구성원들이 동시에 세운 촉이 더 파괴력이 있을 때가 많다. 바로 그 관점에서 보면, 회의실에서 좋든 나쁘든 무엇이든 내놓아도 공격당하지 않는 팀이 더 유리하다고 믿는다.

분위기를 만드는 건 온전히 리더의 몫이다. 방법은 생각보다 간단하다. 안전하게 해주는 것. 회의실에 입장하면 누구나 이 마법의 주문—아님 말고—을 외칠 수 있도록 하는 것. 예를 들면 이렇게.

"나 이런 생각 해봤어. 괜찮아? 아님 말고."

"저 이런 아이디어 떠올랐는데. 어때요? 아님 말고요."

심호흡

가끔 북토크 같은 행사에서 독자들을 만나면, 좋은 카피는 어떻게 쓰냐는 질문을 받는다. 멋지게 대답하고 싶지만, 솔직히 나도 답을 잘 모르겠다. '좋은 카피 쓰는 법칙' 같은 게 있다면, 앞으로 나의 직장생활도 상당히 순조로워질 텐데. 그러나 먼저 낸 두 권의 책에서 누누이 밝힌 바대로, 인생에 그런 법칙이 있을 리 없다. 하지만 돌아보면, 좋은 카피들이 가끔 써졌던 순간들 바로 앞엔 항상 어떤 '과정'이 있었다. 그것을 무엇이라 부를까? 문장 앞에서의 '심호흡'이라 할 수 있을까?

글을 써서 밥벌이를 하다 보니, 써야 할 카피의 종류도 다양하다. 가벼운 카피. 묵직한 카피. 제품의 장점을 이해하기 쉽게 정리해주는 카피. 브랜드와 기업이 오랫동안 바라볼 지점을 찍어주는 카피(통상 슬로건이라 불린다). 그리고 이 일을 오래 하다 보니, 본능적으로 느껴지는 어떤 타이밍이 있다. 예를 들면, '내일 아침 회의가 앞으로의 프로젝트에서 가장 중요한 구간이겠구나', 또는 '지금 쓰는 이 카피가 캠페인의 방향을 설정해주겠구나' 같은 기분이 드는 순간들. 그렇게 '굵직한 카피'를 써야 하는 순간이 오면, 나는 늘 앞으로 태어날 문장에 대해 예의를 갖추려 한다.

지금까지의 경험을 돌아보면, 좋은 카피가 자주 써졌던 시간이 있다. 사람마다 다르겠지만, 내게는 오전 9시 반부터 11시 사이, 오후 2시부터 4시 사이이다. 그러니 가능하면 그 시간을 비워둔다. 문장을 쓰기 위해서는 반드시 무엇을 써야 할지에 대한 생각이 어느 정도 정리되어 있어야 한다. '하고 싶은 말은 무엇이고 어떤 톤이었으면 좋겠는지' 정도면 충분하다. 밑도 끝도 없이 책상에 앉아 있을 때 좋은 문장이 태어나는 일은 없다. 그러니 필요한 자료는 모두 읽어둔다.

자리에 앉으면 카피를 쓸 도구를 고른다. 가끔은 볼펜이나 만년필이지만, 대부분 연필이다. 내 입으로 말하려니 좀 우습지만, 연필 색깔도 고심해서 고른다. 카피를 써야 할 브랜드의 로고 색깔이 녹색이라면, 녹색이 들어간 연필을 고른다. 지난 번 경쟁 프레젠테이션을 준비하면서 유독 카피가 잘 나왔다면, 그때 썼던 연필을 꺼낸다. 그리고 그 연필을 깎는다. 무의식에 신호를 보내는 것이다.

'나 이제 집중할 거야. 내겐 정말 중요한 문장이야.'

이 모든 행위가 일종의 '심호흡'이다. 중요한 순간에는, 이것이 중요한 순간이라는 신호를 몸에 보낸다. 그래야 몸도 긴장하고 평소와는 다른 결과물을 꺼낼 준비를 한다. 100미터 경주를 앞두고 출발선에 서면 심호흡이 필요한 것처럼, 중요한 문장을 써야 하는 순간에는 반드시 문장 앞에서 숨을 고른다. 가장 컨디션이 좋은 시간을 비워놓고, 자료를 읽고, 연필을 고르고, 깎고 나서야 비로소 적어내려가기 시작한다. 중요한 요리를 선보여야 하는 날, 셰프가 빳빳하게 다려놓은 옷을 꺼내고 모자를 쓰듯이, 태어날 문장에 대한 예의를 차린다.

나는 일에 대한 우리의 '태도'와 '예의'가 의외로 많은 것을 좌우한다고 생각한다. 시시껄렁한 자세로 문장을 쓰면 시시껄렁한 문장이 나온다. 마음을 가다듬고 가지고 있는 최고의 집중력을 퍼부으면—반드시 최고의 문장이 나오지는 않지만—좋은 문장이 나올 확률은 분명히 높아진다. 카피라이터라는 일의 핵심은 '발상'과 '문장'인데, 일을 하다 보니 요즘은 이런 생각이 든다.

'발상은 혼돈 속에서 나오지만, 좋은 문장은 집중과 예의에서 나온다.'

얼마 전 '세상을 바꾸는 시간 15분'(세바시)이라는 프로그램에 나가게 되었다. 개인적으로 많은 영감을 받아왔던 프로그램이어서, 무대를 준비하는 내내 행복했다. '벽을 눕히면 다리가 된다'라는 문장을 빌려, 뼛속까지 문과생이던 내가 우연히 미술이라는 벽을 두드려보고 얻은 기쁨들을 이야기했다. 무대의 마지막은 이렇게 맺었다. '인생의 벽을 만났을 때 우리가 할 일은, 두려워하며 피하거나 돌아가는 것이 아니라, 예의를 갖춰서 두드려보는 것이다'라고.

예정된 순서를 마치고 내려가기 전, 사회자가 예정에 없던 질문을 했다. 마지막에 나온 '예의'라는 단어가 인상적이었다며, 예의를 갖춰 벽을 두드린다는 건 대체 어떤 의미냐고 물었다. 낯선 무대 위에서 카메라는 돌아가고, 당시의 나는

카피라이터라는 일의 핵심은 '발상'과 '문장'인데,

일을 하다 보니 요즘은 이런 생각이 든다.

'발상은 혼돈 속에서 나오지만,

좋은 문장은 집중과 예의에서 나온다.'

최선을 다해 대답했지만 지금 생각해보면 그리 만족스럽지는 않다. 지금, 다시 기회가 주어진다면 나는 이렇게 말하고 싶다.

"인생의 벽을 만났을 때, 그냥 두드리는 것과 예의를 갖춰 두드리는 건 분명히 다릅니다. 인생은 준비한 만큼, 대하는 태도만큼 얻어가는 것 같습니다. 그리 긴 인생을 살아본 건 아니지만 어쨌든 아등바등 살아보니, 내 앞에 놓인 무엇을 대할 때—그것이 해내야 하는 '임무'이든, 내게 찾아온 '기회'이든—예의를 갖췄을 때와 그렇지 않을 때의 차이는 분명 있었습니다. 그냥 두드리면 미동도 않았을 벽들도, 내가 충분히 준비하고, 공부하고, 심호흡을 하고, 그러니까 예의를 갖춰서 두드리면 가끔은 투둑 금이 가는 소리를 들려주었습니다. 인생은 예의를 갖춰 맞닥뜨리는 자에게 조금 더 좋은 선물을 주는 것 같습니다."

메이저 리그의 전설적인 단장 브랜치 리키는 말했다. "운은 계획에서 비롯된다." 행운은, 준비된 자 옆을 지나가는 '기회'의 다른 이름이라는 뜻이다. 결국 중요한 것은 '다가오는 기회 앞에서 내가 어떤 표정과 자세로 서 있느냐'가 아닐까.

인생의 스승은 우리가 준비가 되었을 때 찾아온다. 똑같은 스승을 만나도 누군가는 인생이 바뀌고 누군가는 늘 맞이하던 하루를 다시 맞이한다. 우리가 어떤 계기로 절실해졌을 때, 비로소 최고의 음악이 들리고, 최고의 문장이 내 몸을 통과해 지나간다. 그렇지 않은가? 그러니 어쩌면 '외부' 조건보다 중요한 것은 그것을 받아들이는 내부의 태도이다.

시대가 바뀌니, 써야 할 문장의 길이와 호흡도 분명 달라진다. 이토록 빠르게 변하는 세상 속에서, 나는 계속해서 좋은 카피를 쓸 수 있을까? 작가로서의 나의 유효기간은 얼마나 남아 있을까? 생각이 길어질 때면, 연필을 고르고, 깎고, 자리에 앉는다. 어쨌든 쓰는 것 외에는 방법이 없다. 할 수 있는 준비를 모두 마치고, 심호흡을 한다. 예의를 갖춘 채로, 태어날 문장을 기다린다.

문장론

직업이 카피라이터이다 보니 주위에서 종종 어떻게 하면 좋은 문장을 쓸 수 있는지를 물어온다. 묻는 사람이 누구냐에 따라 대답도 조금씩 바뀌지만, 내가 마련해둔 모범답안은 이렇다.

'잘 쓰고 싶으면 필사하세요. 다양하게 쓰고 싶으면 읽으시고요.'

직업으로 글을 쓰고, 그 결과로 돈을 받고, 작가로 글을 쓰고, 내 한계점을 곱씹어보니 알겠다. 그 누구도, 결국은 읽은 만큼 쓸 수 있다. 우연한 기회로 예전에 썼던 나의 문장들을 들여다보면 지금과는 쓰는 단어나 톤들이 굉장히 다른데, 생각해보면 나 또한 몇 번이나 남의 문장을 읽고 충격을 받으며 나의 문장을 바꾸어갔다. 한 사람의 '문장사'를 들여다보면, 반드시 꺾이는 지점이 있다. 예를 들면 내게는 이런 변곡점이 있었다.

1. 호박된장찌개

고등학교를 다니는 내내 나는 글을 잘 쓰는 사람이라는 환상 속에 살았다. 학교 백일장에서 상을 받았고, 논술시험 성적이 잘 나와 더더욱 그렇다고 믿었다. 원래 어떤 영역이든 적당히 아는 사람이 가장 잘난 줄 아는 것이다. 글에 대한 나의 자신감은 하늘을 찔렀고, 그것은 대학을 들어가고 나서도 계속되었다. 과에서 글을 쓸 일이 있으면 나는 온갖 미사여구를 동원한 복잡한 문장을 썼고, 진심으로 그게 멋지다고 생각했다. 그러다 어떤 문장을 읽게 되었다. 일 년에 한 번 발행하는 과지에 나보다 1년 선배였던 누나가 적은 문장이었다. 지금은 이름도 낯선 '앙케트 코너'였고, '인생의 시련을 만났을 때, 당신은 어떻게 극복합니까' 같은 그럴듯한 질문에 대한 대답이었던 것으로 기억한다.

'깊게 생각하지 않는다. 아마도 나는 풀린 신발 끈이나, 집에 가서 먹을 호박된장찌개 같은 것을 떠올릴 것이다.'

남들에게는 아무렇지 않은 문장이었을 수도 있지만 당시의 내게는 충격적이었다. 인생의 시련을 극복하는 방법에 대한 대답으로 '신발 끈'이나 '호박된장찌개' 같은 단어를 쓴다고? 나는 이마를 찌푸리며 문장을 몇 번이고 읽어보았다. 적어도 이 문장을 만나기 전까지는, 나는 멋진 질문을 만나면 멋진 대답만을 떠올려야 한다고 생각했다. 저렇게 쉽게 쓰면서도, 머릿속에 선명한 이미지를 떠올리게 할 수 있다는 생각을 못했다. 온갖 멋 부린 말들이 가득한 앙케트 코너에서 유독 저 문장만이 빛나는 느낌이었다.

그리고 나의 문장은 '호박된장찌개'와의 만남을 기점으로 서서히 달라졌다. 어려운 단어의 조합보다 호박된장찌개 같은 묘사로 문장을 풀어가는 글들을 찾아 읽게 되었다. 『바람의 노래를 들어라』 같은 무라카미 하루키의 초기작이나, 은희경 작가의 데뷔작 『새의 선물』 같은 글들에 한동안 매혹되었고, 문장의 지향점을 '멋있게'에서 '쉽고 선명하게'로 바꿔보겠다고 마음먹게 되었다.

2. 새까만 씨앗들

신발 끈과 호박된장찌개가 들어간 문장을 읽은 뒤로, 시간이 흘러 나는 비슷한 어감과 리듬의 문장을 쓸 수 있게 되었다. 읽지 않았다면, 쓰지 못했을 일이다. 그리고 비슷한 일을 6년 차 카피라이터이던 때 한 번 더 겪게 된다.

e편한세상의 광고 캠페인이 한창이던 시절이었다. 당시 팀의 카피라이터는 팀장님이셨던 박웅현 CD와 동료 김민철 카피라이터, 나, 이렇게 세 명이었다. 그즈음 우리는 e편한세상의 친환경적인 노력을 알리는 극장 광고를 준비하고 있었는데, 어느 날 팀장님이 옆 팀 카피라이터 박승욱 선배의 카피를 들고 오셨다. 오랫동안 팀원으로 일했던 승욱이가 예전에 썼던 카피인데, 이번 극장 광고에 딱 맞을 것 같다고 하셨다. '왜 팀장님은 팀원도 아닌 사람의 카피를 쓰려고 하시지' 같은 원망은, 그러나 카피를 읽고 얼마 지나지 않아 손바닥 위에 떨어진 눈송이처럼 사라졌다. A4 용지에 적혀 있던 선배의 문장은, 내가 그동안 카피는 어떠해야 한다고 생각하던 영역에서 아주 멀리 떨어져 있었다.

불리한 전쟁을 시작합시다
적들이 우리보다
수만 배쯤 강하다고 생각합시다
우리에겐
식량도 무기도 부족하고
여론도 시간도
우리 편이 아니라고 생각합시다
가장 용맹한 백곰마저
얼음 조각 위에서 죽어갔으며
돌고래의 함대는
해변에서 전멸을 당했다는
불리한 전황들을 직면합시다

어처구니없는 전쟁을 시작합시다
거실에도 자동차에도
버젓이 들어와 번지고 있고
서서히 지구의 온도를 높여가는
적들과 싸워나갑시다
그들의 야유와 멸시에도 굴하지 않고

당신이 쓰는 문장은 당신이 읽은 문장에서 시작된다.

읽어봐야, 진정 내가 원하는 문장이 무엇인지를 알 수 있다.

그러니 좋은 문장을 쓰고 싶은 당신이라면

맨 먼저 다양한 문장들을 겪어야 한다.

새까만 씨앗들이

겨울을 견디어내듯

조금씩 이겨나갑시다

반드시 이겨야만 하는 전쟁을 시작합시다

e편한세상

길지만 리드미컬했고, 광고에서 한 번도 보지 못한 단어들이 들어 있었는데도 충분히 광고의 역할을 하고 있었다. 누군가 광고 카피를 자본주의의 시라고 불렀다던데, 이 카피야말로 시에 가까웠다. 그리고 무엇보다, '돌고래의 함대'와 '새까만 씨앗들'이 등장하는 카피는 아름다웠다. 당시의 나는 생각해본 적도 없고, 쓸 수도 없는 종류의 카피였다. 그러나 읽고 나서는 바로 알 수 있었다. 나는 늘 정답이라고 생각했던 범위 안에서 답을 찾으려고 했구나. 기업의 커뮤니케이션 목표를 달성하기 위해 쓴 카피도 이렇게 아름다울 수 있구나. 읽는 내내, 언젠가 이런 카피를 꼭 쓰고 싶다고 생각했다. 읽지 않았다면 떠올리지 못할 목표였다.

그후로 나는 긴 카피를 쓰게 될 일이 있으면 꼭 한두 줄은 '새까만 씨앗들'처럼 상업적인 광고에는 잘 쓰이지 않던 단어들을 넣어보려 했다. 내가 카피라이터로 일하며 조금의 칭찬이라도 받았다면 그것은 모두 내 눈앞에서, 또는 미디어를 통해 시범을 보여준 선배들의 아름다운 카피를 읽은 덕이다. 불행히도 '돌고래의 함대'처럼 아름다운 카피는 아직 써보지 못했지만.

당신이 쓰는 문장은 당신이 읽은 문장에서 시작된다. 읽어봐야, 진정 내가 원하는 문장이 무엇인지를 알 수 있다. 그러니 좋은 문장을 쓰고 싶은 당신이라면 맨 먼저 다양한 문장들을 겪어야 한다. 그 경험들 틈에서 내가 정말 따라 쓰고 싶은 문장을 만나고, 그중 몇몇을 취사선택하여 내 문장의 방향타로 써야 한다. 생각해보면 한 사람의 문장은, 그가 사랑한 작가와, 닮고 싶은 사람과, 매혹당한 세계와, 가치관들의 모듬이다. 아름답지 않은가. 게다가 문장은 말과 달라서, 단번에 자신의 생각을 아름답게 정리하여 말하지 못하는 사람이라도, 충분히 시간을 들여 다듬어 내놓을 수 있다. 매력적이지 않은가. 그러니 당신이 아름답고도 매력적인 문장을 잘 쓰고 싶다면, 이 문장을 기억할 일이다.

'You write what you read.'

당신이 읽은 것이, 당신의 문장이 된다.

어떻게 되겠지

광고인의 생활은 헤어짐의 연속이다. 광고라는 직업이 워낙 다른 회사로 이직이 잦기도 하거니와, 회사 안에서도 내부의 크리에이터들을 정기적으로 섞는 방식을 통해 새로운 자극을 주는 통에 구성원들 사이의 이별은 일상다반사이다. 그래서일까. 팀원들과 함께한 시간이 2년을 넘어서면, 나도 모르게 그 또는 그녀와 헤어질 수도 있다는 생각을 한다. 함께 오랫동안 합을 맞춘 멤버들과 헤어지는 일은 늘 속상하지만, 생각해보면 나 또한 새로운 크리에이터들과 만나 늘 한 뼘 더 성장했으니 굳이 피할 일만은 아니다. 어쨌거나, 잊을 만하면 이별의 시간은 찾아온다. 코로나 때문에 웬만한 회식 자리는 피하고 있지만, 팀원을 떠나보내는 날만큼은 어떤 식으로든

자리를 마련해 못다 한 이야기들을 나누려 한다.

헤어지기 전 주고받는 이야기는 주로 덕담이다. 그러나 가끔은 내가 미처 발견하지 못했던 팀의 장점과 단점을 이야기해주고 가는 이들도 있다. 몇 년 전, 함께 일했던 후배가 팀을 옮기면서 재미있는 이야기를 들려주었다. 나와 같은 팀으로 일하는 동안 그는, 회의 시간에 이 말을 들을 때가 제일 좋았다고 했다. 팀장이 습관처럼 말하는 여섯 글자가 있다고 했다.

'어떻게 되겠지'

사실, 비슷한 이야기를 다른 후배에게서도 들은 적이 있었다. 나는 신기해하며 되물었다. "정말? 내가 그 말을 그렇게 자주 해?"

후배가 말을 이었다.

"그럼요. 진짜 중요한 회의인데, 우리가 생각해도 회의실 책상 위에 올라온 아이디어가 별로인 날이 있어요. 그런데 이러셨어요. '아이디어 다 올라온 거지? 회의 시작한 지도 한참 지났으니까, 오늘은 여기까지 하자. 지금 정리가 잘 안 되는 거지, 아이디어가 나쁜 게 아냐. 나는 이 테이블 위에 분명 뭔가 있는 것 같아. 내일 맑은 머리로 만나자. 어떻게 되겠지.'"

그렇구나. 나도 모르던 내 말버릇이구나. 사실 회의가 늘 마음대로 되는 건 아니다. 분명 이 타이밍에 답이 나와야 하는데 아이디어 회의 결과가 별로였다면, 나라고 초조하지 않을 리 없다. 그러나 데드라인이 정말 턱밑까지 찬 경우가 아니라면, 최종 결과물이 나와야 하는 날까지 하루 이틀 말미가 있다면, 두 시간 정도 최선을 다한 회의를 하고도 뾰족한 답이 나오지 않았다면, 거기서 회의를 멈춘다.

사실 그런 상황에서 팀장이 초조해하고, 불쾌한 기색을 드러내고, 야근을 소집하고, 마라톤 회의를 해봤자, 지친 머리로는 더 좋은 답이 나오지 않는다. 오히려 다음 날 푹 쉬고 돌아와, 머리는 맑아졌지만 아직 답은 찾지 못했다는 답답함으로 집중력이 잔뜩 올라간 집단지성들이 훨씬 매력적인 아이디어를 낸다. 어느 책에 쓰여 있는 법칙은 아니고, 그동안 광고일을 하면서 만난 멋진 리더들과, 함께 일한 선배들을 통해 배운 경험칙이다. 만화 같은 이야기지만, 결코 허황된 상상이 아니다. 쉬고 나서 더 좋은 아이디어가 나온다니. 무엇이 이런 일을 가능하게 할까? 추리해보자면 이렇다. 생각은 뇌가 하는 일이라서, 뇌가 '하고 싶으면' 더 질 좋은 생각을 내놓는다고. '괴로워도 시키니까 해야지'의 뇌와, '나 진심으로 답을 찾고 싶어'의 뇌가 내놓는 해결책은 발상의 각도부터 다르다고.

'어떻게 되겠지'는, 그러니까 팀장이 팀원들을 완벽하게 믿고 달리는 방식이다. 오늘 못 찾은 답은 내일의 우리가 찾아낼 것으로 믿고, 일단 푹 쉬고 효율이 올라간 뇌로 다시 일하는 방식이다. '어떻게 되겠지'. 얼핏 무책임하게 들리지만, 이 말이 나온 뒤로 나의 팀은 대체로—하루 저녁을 푹 쉰 뒤로—다음 날 아침부터 초집중 모드로 일을 시작한다. 카톡창을 아예 꺼버리는 사람. 잡혔던 점심 약속을 취소하는 사람. 답을 찾아야 할 회의가 3시라면, 팀장인 나는 팀원들의 집중 모드를 방해하지 않기 위해 오전부터 오후 3시까지 가능하면 어떤 회의도 잡지 않는다. 타 부서에서 다른 건으로 회의를 잡자는 연락이 와도 3시 회의 이후로 미룬다.

'어떻게 되겠지' 선언(?) 이후로는 나도 뒷짐 지고 있지 않고 대책을 마련한다. 나 또한 가장 효율이 좋은 시간을 비워 아이디어를 내고 카피를 쓴다. 일본 속담에 '고양이 손이라도 빌리고 싶다'라는 말이 있다고 했던가. 잠시 뒤에 있을 회의에, 한 사람의 아이디어라도 더한다. 평소엔 팀내 카피라이터들의 동기부여를 위해 카피를 쓰지 않을 때도 있지만, 아이디어가 나와야 하는데 좀처럼 답이 나오지 않는다거나, 경쟁 PT처럼 팀 능력의 최대치로 싸워야 하는 경우는 최선을 다해 카피를 쓴다. 동기부여도 중요하지만, 이럴 땐 문제해결이 먼저니까. '어떻게 되겠지' 했다가 아무것도 되지 않았을 때, 책임져야 할 사람은 팀장이니까.

어떻게든 '어떻게 되겠지'의 방식으로 답을 찾으려 했던 이유는, 지금껏 경험했던 그 반대의 방식이 너무나 고통스러웠기 때문이다. 회의가 끝나고 침묵이 길어지다가, 천천히 입을 여는 팀장. '안 되겠네. 다들 정신 못 차리는구나. 이게 얼마나 중요한 회의인데. 일단 저녁부터 먹고, 돌아와서 보자. 이번 주말도 좀 나와줘야겠어.' 슬프게도 그 방식 또한 문제를 해결했고, 그 경험이 쌓인 조직에서는 중요한 업무를 위해 개인의 주말과 퇴근 시간이 덜 중요한 것이 당연했다. 그러나 그곳에서는 누구도 오래 견디지 못했으며, 몇 년 후 돌아보면 그 회사의 이름만 여전할 뿐 팀장을 제외한 구성원 누구도 그 회사에 남아 있지 않은 경우가 많았다(사실 그 팀장이 남아 있는 경우도 드물었다). 슬프지 않은가. 한 사람 한 사람의 시간을 갈아 넣어 한 회사를 굴리다가, 시간이 흐르면 방전된 개인은 배터리처럼 교체되며, 남아 있는 것은 그 '회사'뿐이라는 것이.

그러니 나는 몇 년 전 후배가 콕 집어 말해준 '어떻게 되겠지'의 방식으로 일해보려 한다. 경험이 말해준다. 괴로워도 시켜서 하는 뇌보다, 푹 쉬고 더 몰두할 수 있는 뇌가 오히려 더 생산적임을. '어떻게 되겠지'의 방식으로, 일 밖의 나를 함께 챙기며, 그 밸런스로 내가 좋아하는 이 일을 지치지 않고 오래 하고 싶다. 혹시라도 내 팀에서 처음 일하게 되는 사람이 있다면, '어떻게 되겠지'라는 말을 듣고 오해 마시길. 대충하자는 말이 아니다. 푹 쉬고 더 좋은 집중력으로 더 잘해내자는 말이다.

Re-read

스무 살의 나와 마흔 살의 나는 같은 나일까?

생각해본다. 대학생일 때의 나와, 직장인이 된 나는 같은 나일까. 입사할 때의 나와, 지금의 나는 같은 나일까. 쓰던 노트북이 고장 나서 수리를 위해 그동안 써왔던 카피 파일들을 백업하던 날이었다. 폴더를 정리하다가 무심결에 열어본 예전의 내 문장들은 충격적이었다. 5년 전 정도까지는 큰 변화가 느껴지지 않았다. 하지만 10년 전의 카피는 도저히 봐줄 수 있는 수준이 아니었다. 나는 진지하게 의심했다. 이걸 내가 썼을 리가 없어. 이 파일은 분명, 해킹된 거야.

오랜만에 만난 친구들의 입을 빌려 나에 대한 기억을 더 듣어보면, 내가 정말 그랬나 싶은 일들이 쏟아진다. MBTI 같은 성격유형검사 결과도 시간이 지나면 바뀐다고 들었다. 사람은 변한다. 사람은 시간을 들여 흡수한 지식과, 동경하는 롤모델, 그리고 인생에서 중요하다고 판단한 것들의 영향 속에 조금씩 다른 사람이 된다. 한 사람의 인생을 한 달, 두 달의 스케일로 보면 별 차이가 없겠지만 5년, 10년 단위로 보면 얘기가 달라진다. 당신이 5년 전 쓴 글이나 포스팅을 열어보라. 5년 전 당신에게 비밀댓글이라도 보내 지우라고 사정하고 싶을 것이다. 10년 전 친구에게 당신에 대해 물어보라. 과거의 당신과 지금의 당신은 꽤나 다른 사람일 것이다.

그러니 우리는, 다시 생각해봐야 한다. 한 번 가봤다고, 한 번 겪었다고, 한 번 읽었다고, 다시 들여다보지 않는 것들에 대하여.

요즘 나는 가끔, 콘텐츠 그 자체보다 중요한 건 오히려 '수신자'라는 생각을 한다. 콘텐츠는 딱 수신자가 준비된 만큼을 내어놓는다. 한 번 가본 여행지를 우연히 다시 들렀을 때, 완전히 다른 장소처럼 느껴졌던 경험이 있을 것이다. 당

그러나 당신이 책을 읽는 진짜 목적이 '멋져 보임'이 아니라

깊어지고 현명해지는 데 있다면, 자신만의 관점을 갖는 것이라면,

사냥하듯 새 책을 찍어 커피 잔과 함께 인증 샷을 올리는 것보다

더 효과적인 일은 조금이라도 당신의 마음을 빼앗았던 책을

다시 깊숙이 들여다보는 것이다.

신도 느껴봤을지 모른다. 어릴 적 아무 느낌 없던 경주가, 나이를 먹고 들러보면 어떻게 달라지는지. 엄마 아빠를 따라다닐 땐 늘 지루하기만 했던 산과 숲이 나이가 들면서 얼마나 매력적이고 다채롭게 느껴지는지. 산과 숲과 경주는 변한 적이 없다. 그것을 읽어내는 당신이 변한 것이다. 여행은 당신이 준비된 만큼 돌려준다. 똑같은 일이 책을 앞에 두고도 벌어진다.

책은 딱 읽는 사람이 준비된 만큼 내어준다. 당신이 지금의 당신과는 다르던 시절에 읽은 책이라면, 당신은 딱 그 시절의 당신만큼을 얻어갔을 것이다. 반대로 말하면, 책에는 당신만큼을 뺀 나머지 부분이 남아 있을 것이다. 그러나 우리는 '그거 읽었어. 별거 없던데?'라며 그 책을 다시 꺼내보지 않는다. 그러나 읽었다고 정말 읽은 걸까? 당신이 읽었다고 믿는 그 책 속에, 그 당시의 당신은 읽어내지 못한 놀라운 부분이 남아 있지는 않을까.

그래서 중요한 것은 다시 보기이다. 시간이 흘러, 읽은 것의 다시 읽기이다. 사실 읽은 것을 다시 꺼내 읽는 것이 쉬운 일은 아니다. 지금이 어떤 시대인데, 쏟아져 나오는 새 책들을 읽고 트렌드의 맨 앞에 서도 모자랄 판에 예전에 읽은 책을 다시 꺼내 읽는다니. 지금 이 시간에도 당신의 지인들은 남다른 독서량을 자랑하며 SNS에 있어 보이는 인증 샷을 올리고 있는데.

그러나 당신이 책을 읽는 진짜 목적이 '멋져 보임'이 아니라 깊어지고 현명해지는 데 있다면, 자신만의 관점을 갖는 것이라면, 사냥하듯 새 책을 찍어 커피 잔과 함께 인증 샷을 올리는 것보다 더 효과적인 일은 조금이라도 당신의 마음을 빼앗았던 책을 다시 깊숙이 들여다보는 것이다. (좋아했던 책을 다시 읽는 것이 효과적인 이유는, 나와 맞지 않는 책을 어떻게든 읽어보겠다고 하다가 시간 낭비할 확률이 적기 때문이다.) 다시 읽어보니 보이지 않던 것이 보이는 기쁨이 느껴지면 몇 년 새 성장한 자신을 쓰다듬어주고, 마음에 드는 문장이 보이면 그 안에 들어가 머물며 자신, 또는 작가와 대화를 나눠보는 것이다.

얼마 전 나는 김훈 작가의 『자전거 여행』을 다시 읽어 보았다. 책 내지엔 2003년 5월 9일, 처음 읽기 시작한 날짜가 적혀 있었다. 독서량이 많지 않던 2년 차 카피라이터였던 나는 당시 김훈의 문장을 처음 접하고는, 부사나 형용사의 도움

없이도 이렇게나 힘 있는 문장을 쓸 수 있다는 데 깜짝 놀라 온통 밑줄을 그었다. 2021년 다시 꺼내든 『자전거 여행』은 여전히 힘이 넘쳤는데, 이번엔 문장 그 자체보다는 작가의 통찰력 넘치는 시선에 감탄했다. 예를 들면,

> (한강의 도심 구간. 강물이 자연 그대로가 아닌 콘크리트 둑방 사이를 흐르는 모습을 두고)
> 잠실 구간에서 한강의 표정은 동물원 우리에 갇힌 맹수가 구경 온 사람들을 구경하는 표정과 닮아 있다. (311쪽)

> (산허리를 돌아가며 결국 그 산을 넘는 충북 영동 도마령의 길을 묘사하며)
> 산의 가장 여린 곳만 골라서 뻗어가는 길이 마침내 거친 산맥을 넘어간다. (161쪽)

• 김훈, 『자전거 여행』, 생각의 나무, 2000.
(『자전거 여행』(2000)과 『자전거 여행 2』(2004)는 2014년 주제별로 재구성되어 개정판 『자전거 여행 1 · 2』[문학동네]로 재출간되었다.)

책을 처음 읽은 지 무려 18년이 지난 뒤에도 여전히 그의 글이 매력적인 건, 문장 자체의 스타일보다는 그 속에 숨은 통찰력의 힘 때문이란 생각이 들었다. 문체에는 유행이 있을 수 있지만 좋은 생각은 시간이 흘러도 좋은 생각이니까. 같은 책을 보면서 나는, 2년 차 카피라이터 시절과는 다른 부분을 즐기고 있었다. 여전한 매력을, 다른 각도에서. 다시 읽기의 즐거움이었다.

후배들에게 다시 읽기를 추천하는 데에는 또 다른 이유가 있다. 요즘은 잘 정리된 생각들을 만날 기회가 많아 오히려 스스로 깊게 생각할 기회가 없기 때문이다. 인스타그램에 들어가면 예리한 안테나를 가진 이들이 큐레이션한 문장들이 피드에 계속 올라온다. 책 속의 한 문장에 대한 기가 막힌 해석을 읽고 나면, 그 책을 다 읽었다는 생각마저 든다. 유튜브에 들어가보면 영화의 3분 요약이 넘쳐난다. 블로그를 읽다 보면 맨 밑에 세 줄 요약이 곁들여져 있다. 쉽고, 효율적이다. 그러니 우리는 자꾸 요약본에 의존한다.

그러나 이런 시대일수록 더 중요한 것은 오히려 오직 자신의 힘으로, 남의 해석에 기대지 않고, 어떤 텍스트를 파고 들어가보는 훈련이다. 생각보다 이런 경험에 익숙하지 않은 후배들이 많다. 의존은 쉽지만, 그럴수록 의존하는 나는 약해진다. 불변의 진리다. 매일 차를 타고 출근하다 보면 다리 힘은 약해진다. 내비게이션에 의존하다 보면 아주 가까운 길도 경로가 떠오르지 않는다. 스마트폰으로 전화를 걸다 보니 우리는 가장 친한 친구의 전화번호도 쉽게 떠올리지 못한다. 밖에 의존하면, 안은 약해진다.

조금만 타이밍을 놓쳐도 뒤떨어지는 것 같아 초조해지는 시대이다. 그러나 지금일수록 당신을 돋보이게 하는 것은 당신의 방식으로 해석하는 능력이다. 다시 읽기, Re-read는 그래서 당신에게 좋은 훈련이 될 것이다. 저자와 지면을 통해 대화하고 의견을 반박해보는 것. 책에서 눈을 떼고 숨을 고르며 나의 관점을 정리해보는 것. 그때 좋았던 것과 지금 좋은 것을 비교해보며 달라진 나를 느껴보는 것. 다시 읽기의 장점이다. 정말 좋았던, 그러나 꺼내본 지 오래인 책이 있다면 한 번 다시 읽어보기를 권한다. 의외의 보석이 그 속에 숨어 있을지 모른다.

오래전의 당신과, 오늘의 당신은 분명 다른 사람이니까.

제로백

팀에 신입사원이나 인턴이 들어오면 통과의례처럼 벌어지는 일이 있다. 비슷한 타이밍에, 비슷한 표정의 후배들에게서 비슷한 이야기를 듣게 된다.

"미치겠어요. 저 바보인가 봐요. 솔직히 어제도 집에 가서 아이디어 내다가 새벽에 잤거든요. 그런데 오늘 아침에 ○○선배가 와서 '와 망했다, 회의까지 몇 시간 남았어?' 하고는 후다닥 아이디어를 내는데, 아까 회의 시간에 보니까 그 아이디어가 제 것과는 비교도 안 되게 좋은 거예요. 오늘 회의실에서 아이디어를 까면서 저 자신이 되게 바보 같은 거예요. 솔직히 얘기해주시면 안돼요? 제가 이 일을 계속해도 될까요?"

그 친구들에게, "원래 그때는 다 그래. 나도 그랬어"라고 아무리 얘기를 해줘도, 잘 들리지 않는 눈치다. 그런데 "나도 그랬어"가 정말 그랬던 일이니 딱히 다르게 설명할 방법도 없다.

늘 잘하고 싶은 마음이 앞섰던 시절. 어느 날은 이를 갈고 아이디어를 내봤다. 진짜 한번 보여주고 싶어서. 평소보다는 선배들의 반응이 조금 나았지만, 아침에 와서 설렁설렁 아이디어를 내는 선배의 것만은 못했다. 아이디어의 질이 떨어지면 양으로라도 만회를 해보려고 억지로 양을 늘려도 보았다. 카피가 나오기까지의 논리를 정리한 페이지를 넣고, 레퍼런스 파일을 넣어봐도, 팀 회의 시간 중 내가 등장하는 물리적인 지분만 늘어날 뿐이었다. 그냥 몇 줄 써온 선배의 카피나, 한두 장 스케치한 그림으로 설명하는 아트 선배의 아이디어가 훨씬 강렬했다. 무엇보다 나를 좌절하게 했던 건 그들의 아이디어의 각도였다. '어떻게 저런 식으로 접근했지?' 싶은 독특한 시선을 보면, 크리에이티브는 결국 재능의 영역이라는 확신이 들었다. 어쩌나. 나는 열심히 할 자신은 있지만 재능은 없어 보이는데. 여기서 멈출까? 더 늦기 전에?

그러나 시간이 흐르자 나에게도 변화가 찾아왔다. 괜찮

그러나 시간이 흐르자 나에게도 변화가 찾아왔다.

괜찮은 아이디어를 떠올리기까지의 시간이 확실히 줄어들었다.

게다가 태생적으로 내게는 없는 것 같았던 생각의 각도도,

조금씩 보완이 되었다. 기본적인 생각의 양이 채워지자,

다른 각도를 모색해볼 여유가 생긴 것이다.

은 아이디어를 떠올리기까지의 시간이 확실히 줄어들었다. 게다가 태생적으로 내게는 없는 것 같았던 생각의 각도도, 조금씩 보완이 되었다. 기본적인 생각의 양이 채워지자, 다른 각도를 모색해볼 여유가 생긴 것이다. 스스로 정답에 가깝다고 생각하는 아이디어를 빨리 낸 뒤로는, 내가 ○○선배라면 어떻게 할까, 이리 들여다보고 저리 들여다볼 시간이 생겼다. 일단 언덕에 빨리 오를 수 있게 되자, 조망할 여유도 생긴 것이다. 생각의 각도도, 결국 훈련의 결과였다.

* * *

자동차 잡지를 보면 늘 등장하는 단어가 있다. '제로백'이란 말이다. 차 좋아하는 사람들은 한 번쯤 들어봤을 것이다. 시속 0킬로미터 정지 상태에서 시속 100킬로미터까지 도달하는 데 걸리는 시간을 자동차 업계에선 제로백이라 부른다.

예를 들어 제로백이 8초인 차보다 7초인 차가 가속력이 더 빠른 차다. 어떤 슈퍼카는 제로백이 3초도 채 안 된다. 시속 100킬로미터로 달리기까지 걸리는 시간이 짧다는 건, 일정 궤도에 금방 올라간다는 뜻이다. 운전자가 원하는 퍼포먼스를 빨리 구현해준다는 말이다. 얼마나 연료를 덜 쓰는지,

최고속도는 얼마인지는 또 다른 기준점이겠지만.

생각해보면 우리가 하는 일에도, '제로백'이 있는 것 같다. 일정한 수준의 아이디어를 내놓는 데 걸리는 시간—제로백 타임은 사람마다, 팀원들끼리도 서로 다르다. 슈퍼카에 가까운 제로백 타임을 자랑하는 선배가 있을 테고, 아이디어를 예열하는 데 유독 시간이 오래 걸리는 동료도 있을 것이다. 당신이 최근 회의실에서 만난 사람들을 한번 떠올려보라. 정말 그렇지 않은가?

자, 그럼 관점을 집단이 아니라 개인에게로 옮겨와보자. 우리가 일정한 수준의 아이디어를 내놓는 데 걸리는 시간은—말하자면 '업무적인 제로백 타임'은—경험이 쌓임에 따라 확실히 줄어든다. 이것은 듣기 좋으라고 하는 소리가 아니라, 능력을 향상시키기 위해 일정 기간 이상 시간을 투입해본 이들이라면 누구나 겪게 되는 현상이다. 핵심에 빨리 들어가고, 답도 빨리 찾아내는 능력은 오랜 기간 한 영역에서 최선을 다해 답을 찾아온 이들에게 주어지는 선물이다. 특급이라 불릴 만한 셰프를 보라. 동작에 군더더기가 없고, 과정에 주저함이 없으니 순식간에 여러 가지의 요리를 만들어낸다. 어디 셰프뿐이겠는가. 화가 황규백님은 『자존가들』이란 책 속 인터뷰에서 이렇게 말했다.

'나는 한 작품 그리는 데 일주일 걸려요. 하지만 그렇게 그리기 위해 88년이 걸렸어요.'*

제로백 타임을 줄이는 것은, 역설적이게도 시간이다. 일을 잘하기 위해 평소에 투입한 밀도 높은 시간이다. 그러니 당신이 어떤 일을 시작한 지 오래되지 않았고, 일을 먼저 시작한 선배들의 눈부신 제로백 타임을 보며 나는 바보임이 분명하다는 확신이 들었다면, 그 걱정은 살짝 내려놓아도 좋다. 걱정할 시간과 에너지가 있다면 차라리 당신이 닮고 싶은 선배를 찾아가 맛있는 것을 사드리며 노하우를 빼앗아보는 편이 낫다. 아니면 혼자 끙끙 끌어안고 생각하고, 한 줄이라도 더 써보는 편이 낫다.

속도를 얻고 싶다면, 시간을 투입해야 한다. 잘하기로 유명한 선후배들 틈에서 20년에 가까운 시간을 관찰해봤지만 특별히 다른 비법을 찾아내지 못했다. 예외도, 왕도도 없다는

* 김지수, 『자존가들』, 어떤책, 2020, 174쪽.

것. 그러나 그래서 더 가치 있는 것이 한 사람의 제로백 타임이다. 질투 날 만큼 일 잘하는 선배가 있다면, 기회를 봐서 조용히 물어보라. 운이 좋다면, 화려해 보이는 그 선배가 구석진 곳에서 보낸 단련의 시간과, 그때 생긴 못생긴 굳은살들에 대해 이야기해줄지 모른다. 그리고 그 시간이 선물한, 제로백 타임이 짧은 멋진 엔진에 대해 이야기해줄지도 모른다.

수박

책의 첫 부분에 '음미력'에 대해 이야기했다. 예전엔 너무나 당연했던 밖—넓게는 해외, 좁게는 집 밖—을 나가는 일이 쉽지 않게 되자, 사람들은 서서히 시선을 안으로 돌리는 중이라 했다. 작고 대수롭지 않고 늘 존재하던 것들에 눈길을 주기 시작했고, 시간을 들여 음미하는 사람들이 늘어나고 있다고 했다.

음미력. 살면서 종종 음미력이 뛰어난 사람들을 만난다. 분명 같은 장소를 가서 같은 시간을 보냈는데, 나보다 훨씬 많은 것을 느끼고 나는 대수롭지 않게 넘겼던 것에서 매력을 뽑아내어 설명해주는 사람들이 있다. 같은 재료로도 많은 것을 느끼고 즐기니, 자동차로 치면 연비가 좋은 차라고 할까?

음미력이 뛰어난 사람들 곁에 있으면 세상에 즐길 거리가 늘어난 기분마저 든다. 음미력이 뛰어난 사람들을 자꾸 만나면 나까지 덩달아 세상을 음미하는 시선으로 보게 된다. 그 음미력의 정점에 있는 사람들이 아마도 시인이나 소설가, 수필가 같은 작가들일 것이다. 발길에 채이는 흔한 사물들일지라도, 작가의 시선이 닿으면 전혀 다른 존재가 된다.

예를 들면 수박.

소설가 김훈이 『'너는 어느 쪽이냐'고 묻는 말들에 대하여』라는 에세이집에서, 수박에 대해 묘사한 글이 있다. 단순히 수박의 반을 가르는 장면일 뿐인데, 작가와 함께 평상 마루에 앉아 수박을 자르고, 쪼개지는 소리를 듣고, 퍼지는 향기를 함께 맡는 기분이다.

"수박은 천지개벽을 하듯이 갈라진다. 수박이 두 쪽으로 갈라지는 순간, '앗!' 소리를 지를 여유도 없이 초록은 빨강으로 바뀐다. 한 번의 칼질로 이처럼 선명하게도 세계를 전환시키는 사물은 이 세상에 오직 수박뿐이다. 초록의 껍질 속에서 영롱한 씨앗들이 새까맣게 박힌 선홍색의 바다가 펼쳐지고, 이 세상에 처음 퍼져나가는 비린 향기가 마루에 가득 찬다."

– 김훈, 『너는 어느 쪽이냐고 묻는 말들에 대하여』, 생각의 나무, 2003, 217쪽

나는 지금껏 수없이 수박을 갈라봤지만, 초록이 빨강으로 변하는 순간을 천지개벽이라 묘사한 문장을 보고는 말문이 막혔다. 수박이 이토록 드라마틱한 과일이었다니. 게다가 수박을 자른 뒤에 벌어지는 저 공감각적인 색채와 소리와 향기의 변화를 단 몇 줄의 문장 안에 가둬두었다니.

김훈이 쓴 수박에 대한 문장을 읽고부터는, 수박을 자를 때마다 '천지개벽'이란 단어를 떠올린다. 선홍색 바다에 떠 있는 새까만 씨앗들을 바라보며 퍼지는 향기를 맡아본다. 수박은, 문장을 읽고 난 뒤로 더 사랑스러운 과일이 되었다. 내게도 수박 음미력이 생긴 것이다.

수박을 음미한 아름다운 문장이 하나 더 있다. 김서령 작가가 쓴 『외로운 사람끼리 배추적을 먹었다』라는 수필집에 나오는 구절이다.

수박은 실제로 쩍 하는 소리를 내며 갈라진다. 둥글고 붉밝은 물체가 자발적으로 제 몸을 여는 순간을 시늉하는 소리인 "쩍-!". 그 말을 찾아낸 사람에게 축복 있으라.

"쩍-"은 소리 안에 이미 물 기운과 단 기운을 충분히 담고 있다. 무엇보다 강제 아닌 자발성을 담고 있다. 칼을 대자마자 기다렸다는 듯 환호하며 열리는 소리다. 이윽내 누군가 바깥에서 제 몸을 열어주기를 간절히 기다려왔다는 신호. (중략) 나는 고요하고 집중된 시간이 아니면 수박 몸에 칼을 대지 않는다. 천방지축 뛰노는 아이들을 일부러 수박 주변에 불러 고요히 숨죽이게 해놓고 칼을 든다. 여름이 오고 우리 집 부엌에서 일주일에 한두 번 수박 갈라지는 "쩍-" 소리에 이어 아이들의 "아~" 하는 환호가 들릴 때 인생은, 온갖 누추와 남루에도 불구하고 예찬할 가치가 충분하다.

- 김서령, 『외로운 사람끼리 배추적을 먹었다』, 푸른역사, 2019, 157~158쪽.

고요하고 집중된 시간이 아니면 수박 몸에 칼을 대지 않는다니. 그것이 바로 작가가 인생을 만나는 태도일 것이다. 뛰노는 아이들이 숨죽여 수박을 바라보고 "쩍-" 수박이 갈라지는 장면은 더할 나위 없이 사랑스럽다. '쩍' 소리와 '야~' 환호 소리 속에서, 온갖 남루와 누추에도 불구하고 인생을 살아갈 이유를 발견하다니. 나는 이 문장을 사람들 앞에서 종종 읽는데, 읽다가 눈물이 핑 돌아 당황했던 적이 몇 번 있다. 읽을 때마다 두고두고 곱씹을 만큼 아름다운 음미의 시선이다.

그리고 여기, 생각지 못한 반전을 담고 있는 시가 한 편 있다.

> 눈앞의 저 빛
>
> 찬란한 저 빛
>
> 그러나
>
> 저건 죽음이다
>
> 의심하라
>
> 모오든 광명을!
>
> – 유하, 「오징어」,
> 『바람부는 날이면 압구정동에 가야 한다』,
> 문학과지성사, 1991, 11쪽.

그렇게 우리는 견뎌내리라.

코로나가 찾아온 그날 이후, 우리에게 도착한 날들을.

우리 눈앞에 펼쳐질 세상이 어떤 표정을 하고 있든,

우리는 더 깊게 느끼고 더 자주 즐거워하며,

수박이 갈라지는 순간의 아름다움을 만끽하며 살아가리라.

시인은 오징어에서도 인생의 서사를 읽어낸다. 나는 오징어를 앞에 두고 맥주를 떠올려본 적은 무수히 많지만, 오징어의 입장에서 오징어의 인생을 떠올려본 적은 없다. 빛 한 점 없는 깊은 바닷속. 동료들과 함께 유영하던 오징어에게 갑자기 나타난 집어등 불빛은 얼마나 찬란하겠는가. 그러나 그 광명 바로 곁에 인생의 마지막 순간이 기다리고 있다는 사실은 또 얼마나 극적인가. 눈앞의 광명을 좇다가 극적으로 고꾸라지는 인생들을 인간인 우리 또한 얼마나 자주 보아왔던가. 시인의 시선이 닿은 뒤로, 세상엔 두 종류의 오징어가 존재하게 된다. 나 같은 사람이 바라보는 '음 맛있군'의 오징어와, 눈앞의 광명에 어떤 의심 없이 달려들다가 죽음에 이른 오징어.

때론 팩트보다 중요한 건 해석이다. 팩트 자체에 매력이 넘친다면 두말할 나위 없겠지만, 우리가 무심히 지나쳐버리는 사물과 사실 속에도 숨겨진 매력은 있을 수 있다. 어떻게 해석하느냐에 따라 수박은 천지개벽의 과일이고, 남루한 인생을 견디게 해주는 보석 같은 기쁨을 주는 과일이다. 그 사람을 좋아하게 되면, 그 사람 옷의 보푸라기도 멋져 보인다. '어쩜 저렇게 사람이 소탈하지?' '오래된 옷 같아서 오히려 힙hip

해 보이네.'

중요한 건 해석이다. 들여다보고, 매력을 찾고, 음미하는 것이다. 인생은 음미할 줄 아는 이들에게 더 많은 것을 선물한다. 그러니 음미할 줄 아는 것은 분명 대단한 재능이다.

그러나 우리는 또한 잊지 말아야 한다. 음미하는 이들의 반짝이는 시선은 하늘에서 뚝 떨어진 것이 아니라는 것을. 음미하는 힘을 가진 이들에게 어떻게 그런 능력을 가지게 되었는가를 물어보면, 돌아오는 대답은 매번 비슷했다.

'좋은 걸 자꾸 보러 다녀. 좋은 이야기를 하는 사람을 곁에 두고.'

시선에는 훈련이 필요하다. 그러니 우리는 곁에 둘 일이다. 음미력이 뛰어난 사람을. 인생을 음미하는 이가 내놓은 글과 그림과 영화를. 가까이 있으면 언젠가는 닮게 되니까. 시간이 얼마나 걸릴지는 사람마다 다르겠지만, 변화가 찾아온다는 사실만은 분명하다.

그렇게 우리는 견뎌내리라. 코로나가 찾아온 그날 이후, 우리에게 도착한 날들을. 우리 눈앞에 펼쳐질 세상이 어떤 표정을 하고 있든, 우리는 더 깊게 느끼고 더 자주 즐거워하며,

수박이 갈라지는 순간의 아름다움을 만끽하며 살아가리라.

어떤 누추와 남루에도 불구하고, 인생은 분명 음미할 만한 가치가 있다.

에필로그

시작은 한 여름, 회사 앞에 있던 2층 카페에서였다. 쏟아지는 폭염 속, 거리의 사람들은 모두 마스크를 쓰고 있었다. 옷이 얇아지고 소매가 짧아지는 계절에, 얼굴에 한 겹 천을 덧대고 살게 되리라는 생각은 단 한 번도 하지 못했다. 늘 겪던 여름을, 우리는 한 번도 겪지 못한 방식으로 통과하는 중이었다.

그날 몇 개의 질문이 떠올랐다.

오늘, 우리는 예전의 우리와 어떻게 다를까?

그럼에도 불구하고 어떤 것들은 변치 않을까?

앞으로, 무엇이 우리의 마음을 움직이게 될까?

전혀 다른 세상이 펼쳐지고 있는 지금, 생각의 힘으로 살아가는 우리는 어떻게 단련해야 할까?

이 책은 그 네 가지 질문에서 시작되었다.

2020년의 초입, 인류의 역사는 코로나 이전과 이후로 나뉠 것이라는 문장을 처음 읽던 날을 기억한다. 지금까지의 인류의 역사가 예수의 탄생을 기준으로 BC Before Christ와 AD Anno Domini. 라틴어로 '예수가 태어난 해'였다면, 지금부터는 2019년을 기준으로 BC Before Covid와 AD After Disease가 될 거라고 했다. 나는 그 절묘한 단어 조합에 감탄했지만, 속으로는 조금 과장되었다고 생각했다. '무시운 질병인 건 알겠지만, 뭘 그 정도까지….'

그리고 코로나는 나의 예상을 비웃듯 우리가 살던 방식을 하나씩 바꾸어갔다. 그것도 아주 근본적으로. 사람을 만나고, 친구를 사귀고, 세상에서 배우던 그 당연하던 일들이 한순간에 불가능해졌다.

가장 축하받아야 할 결혼, 가장 위로받아야 할 장례. 사람의 힘이 필요한 인생의 순간들을 정부가 허용한 최소 인원과 함께 보내야 했다. 아이는 랜선으로 전송된 데이터들을 통해 세상을 배웠다. 질병이 잠시 소강 상태에 접어들자 반가운 마음에 찾아간 학교에서 가장 많이 들은 말은, "친구들과 떨어지세요"라고 했다. 코로나는 기본적으로 '거리'의 질병이다. 가장 사랑하는 사람에게 내가 가장 해로울 수 있는 질병. 사랑의 순서대로 더 파괴적인 질병.

그러나 이 무시무시한 코로나와 함께, 우리에게 찾아온 기회는 있다. 코로나는 '질문'의 질병이다. 코로나는 우리의 많은 것을 근본적으로 바꾸었기에, 우리는 근본적인 질문을 던질 수 있게 되었다. 지금까지 우리가 지구를 다루던 방식은 옳은지. 얼마나 우리는 깊숙이 연결되어 있었는지. 우리는 얼마나 많은 이들의 수고와 희생을 딛고 이 당연한 하루들을 누리고 있는지.

우리는 이 기회를 빌려 질문해야 한다. 우리가 당연하다고 생각했던 어떤 것이 사실 불필요하지는 않았는지. 만나지 않아도 되는 사람들에게 나는 얼마나 많은 시간을 허비했는지. 반대로, 질병의 위험에도 불구하고 나를 위해 기꺼이 시간을 내는 이는 얼마나 소중한지.

책을 쓰겠다고 결심했던 회사 앞 2층 카페는 코로나로 손님이 줄어든 탓인지 문을 닫았다. 주위의 많은 것들이 달라졌지만, 그 변화가 끝난 건지, 혹은 거대한 변화가 이제 막 시작된 건지를 우리는 알 길이 없다. 그러나 그날 이후, 조금씩 달라지는 사람들의 모습을 보며, 사회의 우선순위가 달라지고 환경에 대한 관심이 달라지는 모습을 보며, 나는 우리 앞에 펼쳐질 날들을 조금은 희망 섞인 눈으로 바라보는 중이다.

부디 이 글을 읽는 당신에게도, 절망보다는 희망에 가까운 일들이 더 많이 펼쳐지기를 바란다. 빼앗긴 것들 틈에 남아 있는 것들을 소중히 들여다보며, 예전엔 떠올린 적 없는 근본적인 질문들을 던져보며, 이 쉽지 않은 시기를 건너가기를.

어떤 어려움에도 불구하고 내 곁을 지키는 사람들에게 사랑한다 말하며, 기껏 바이러스 따위가 빼앗아갈 수 없는, 인생의 아름다움을 만끽하기를.

없던 오늘

1판 1쇄 2021년 6월 21일
1판 4쇄 2022년 3월 3일

지은이 유병욱
펴낸이 김정순
편집 허영수 허정은
디자인 김리영
마케팅 이보민 양혜림 이다영
펴낸곳 (주)북하우스 퍼블리셔스
출판등록 1997년 9월 23일 제406-2003-055호
주소 04043 서울시 마포구 양화로 12길 16-9(서교동 북앤빌딩)
전자우편 editor@bookhouse.co.kr
홈페이지 www.bookhouse.co.kr
전화번호 02-3144-3123
팩스 02-3144-3121

ISBN 979-11-6405-100-7 03810